陳列作品集 IV

躊躇之歌

目/次

第一章／

歧路

1

那是一月初的時候，幾波寒流間隔著不一定的時間已經來過又走了，寒氣逗留下來，持續著輕輕沉澱，很細緻的，無聲無息地滲透和瀰漫，在佛寺旁邊的溪澗裡，在四周茂密的原始森林中。每天，我在寄寓的二樓廂房內，視線偶爾從書本中抬起，望向後窗外彎曲著遠去的峽谷下游，或是走出室外，經由貼著山壁的階梯，進出餐廳或總共三層也是依循著斜坡築建的佛殿，或者在最底層的前院廣場散步，有意無意間，總是會注意到周圍幾乎每一處山坡上，或遠或近，原來曾經有好一段日子像是隨意觸抹的鮮豔油彩，那些楓槭之屬，從褐黃到橘紅到深紅，也像是一種季節的沉潛，深淺不一，點綴在秋來猶存的蒼綠中，如今又已逐漸紛紛脫落，剩下的一些色彩，淡褪而稀疏，和整片靜立的林木，有著一種歷經蛻變之後的凝重與安詳。這時候，峽谷上游的西北方，在互為夾峙的一層疊著一層的山稜線後方極遠處，那一大片高高聳立橫亙著的大山頂陡坡面，那想來全屬裸岩的陡峭地帶，在嶙峋的溝褶間，入冬之後的白雪逐漸積聚凝固，形勢顯得越發厚實濃重，晴朗時在陽光下閃閃生輝，堅毅安靜，襯映著更遠的天色，也或許，時而會有一些浮雲，形狀多樣，流連在那裡，而當氣候變化，鋒面來臨，接連幾天陰雲甚至落雨，那整片山頭，包括附近所有的山巒起伏的形勢，就全都消失了，陰灰灰的雲天一色。我有時就倚憑著欄杆或者在某個石階上坐下來，暫時離開書本裡連篇的英文敘述，走出那些有關文學與更迭的時代文風與若干重要次要作家等等學問知識的理解與記誦，看這些山水雲霧樹林，讓心思休息，純粹放鬆，在那沁冷而含著些許潮潤的空氣裡，感受這彷彿無邊的綿綿密密的一個極高極廣的天地、世界，每每覺得，甚至於相信，這當中自有一個系統，很安穩的，日日夜夜，默默護衛著我，也或者好像是一種安慰。

好像一切都很寧靜，而且單純，美麗，有道理。

甚至於讓人有一種悠久永恆的感覺。

而且，好像，未來也是美麗的，恆久的，充滿了希望。

2

他們大約是凌晨一點多來的。當時我才熄了書桌上的燈，上床裹在厚重的棉被裡，在黑暗的平靜中想著今天所讀的英國文學史的進度，而當意識逐漸散淡模糊，將睡未睡，房門響起敲擊的聲音，那聲音在深黑寒冷的夜裡，顯得十分突兀怪奇，我原以為是恍惚裡的錯覺，然而停頓一下子之後又是扣扣扣的聲音，急促而堅持，我狐疑地問說，誰？管區的，請開門，門外的聲音說。

房門才稍微打開，立即就是五六個人推擁著進來；其中只有那個管區警察我曾在兩個多月前見過一次面談過幾句話。他們一時幾乎就占滿了房間。門外狹窄的走道上，另有好幾個人頭和身影，在微弱的日光燈下躁動。

好一陣子他們只是盯著我看，對我上下打量，並且不時四下打量著室內，全都沒說話。那樣子的闃靜無聲，或許不到一分鐘，卻完全而徹底，不僅使時間也使得空間好像都持續地一直在迅速無限膨脹或壓縮。我如從噩夢中驚醒，察覺到心臟跳動得越來越快。在疑惑和慌張等等混合不清的心情中，我小聲地勉強試探著問：「有什麼事嗎？」

先是依然沒有人出聲。然後，我才看到管區警員轉頭和他身邊站立的一個理著平頭的中年大個子交換了一個眼色，之後，才終於說：「請讓我們看看你的身分證。」

我把身分證拿給管區的。但他根本沒看就轉手交給大個子。大個子慢慢看著身分證的正面和背面，並且數度抬頭看我，像是很認真在研究著什麼。

「陳先生，」他總算開口說話了，一字一字的。「是這樣的，有些事情，我們要求證，所以我們必須搜查你的房間。」聲音平淡，稍帶粗啞，似客氣地對我說明，但又像是在自言自語，看似有些粗糙的臉上沒什麼特殊的表情。

他的話似乎告一段落時，我還搞不清楚其中的意思，那些原已進入房間的人就採取行動了。他們分別開始翻閱我隨便放在書桌上、地上和床上的書，打開抽屜，翻動一些文具、各種筆記本和少數的幾封來信。他們也把木板床上的墊被掀開，甚至於用手電筒照射床下，從那裡拖出行李箱，把箱子裡的衣物一件一件拿出來丟在床上。

「這個呢？都是些什麼書？」大個子注視著我，用手指著門邊靠牆放置的一個書櫃。口氣仍然平淡和緩：「請你打開好嗎？」

那是一個裝了玻璃雙拉門、外面扣了一個簡易鎖的矮櫃。九月我選擇住進這個房間時，佛寺的知客僧跟我說過，有一位從部隊的翻譯官退役、目前在南部的一所高中任教的單身老師，前幾年的每個暑假都會來這裡住一長段時間。這一櫃子的書都是他的。透過玻璃，從書脊上的名字，看得出整個四層滿滿的英文原版書，絕大部分是所謂的暢銷書或美國西部拓荒傳奇故事，看起來都舊舊的，我曾猜測那可能是他在擔任翻譯官期間一些老外給他的。

我努力著向大個子說明這些事。

「還是打開來看看好了。」仍然是自言自語的語氣，但更像是有些不耐煩地在輕輕呼出一口氣，將一些看不見的灰塵吹走。

我說我沒鑰匙。他看了身旁的同伴一眼。那個人於是彎腰，用手摸一摸鎖頭，接著就用腳把它踹落在地。

書一本一本被拿出來，被迅速翻閱。

我不知道他們要找什麼。我只覺得口乾舌燥。我走向門口。

「你要幹什麼？」大個子問。

我說我想去喝水，去三樓的餐廳。

兩個人一直緊跟在我身後。我們慢慢走過兩排房間之間的通道，循著戶外的石階到餐廳。屋頂和石壁上的幾盞小日光燈亮著虛虛冷冷的光，佛殿內幽幽暗黃。我喝水時，他們兩人近距離地看著。我去小便時，他們守在門外。

大家都沒開口說話。整個佛寺也靜悄悄。很可能，寺內所有的其他人，包括四位師父、一位兼任採買的長工，和那個最近新來寄宿準備考大學的女學生，他們都在沉睡，都不知道我的房間裡正在發生什麼事，甚至不知道有一群人進入寺院裡。也或著，他們是醒著的，只是不願意或不敢聲張或探看。外面一片漆黑。一切好像都屏息不動。

只有溪澗裡流水的聲音很清楚，混合了我腦中不停攪動的嗡嗡轟轟聲，充斥在無邊的黑暗裡。

我回到室內時，他們還在搜查。我仍然只能呆站著，仍然不知所措。搜查行動終於像是結束時，他們一起退出室外，在走道裡低聲交談。然後，大個子獨自回來。他問說：「陳先生，你有發報機嗎？」

我一下子愣住了，先是莫名其妙，接著突然有一陣極為恐怖的感覺傳遍全身。我跟他說：「沒有啊，我怎麼可能有那種東西。」

他繼續注視著我一會兒之後，轉身拿起書桌上的一本書和一本筆記冊。

「這些，我們拿回去進一步作個了解。」他說。

書是弗洛姆的《人類新希望》。小冊子則是我自己以白報紙裁切和裝訂成的，用來作為便條紙，隨手記下一些平時偶爾興起的念頭想法或備忘摘要。我還不知道，為了這些東西，不到一個月後，我將會被折磨大半天。

「還有，」他又說話了，「請陳先生跟我們去一趟轄區派出所。戶口普查到去年底，你沒來辦理，現在過期了，必須補辦，在身分證上補蓋個章。」

我試著跟他解釋，因為住在山裡專心念書，佛寺裡也沒有電視或收音機，所以很少知道外界的消息，戶口普查的事，確實是我疏忽了，若可以補辦，等天亮之後，我再自行到山下的管區派出所辦理。「實在不必深更半夜的，天氣又這麼冷。」我說。

「沒關係。你坐我們的車子下山，簡單辦一些手續。隨後就載你回來。」

他們一共來了三輛車。我坐的是一輛玻璃窗外裝有鐵絲網的廂型車。後座的兩排位子分別靠側，彼此相向。兩個人一左一右坐在我旁邊。唯一穿著制服的管區警察獨自坐在對面。他時而看看我又時而低下頭去，但是在黑暗中，我看不出他的任何表情。

車子很快就出了峽谷。路兩旁的燈光較亮了。車子停在派出所前面。坐在我對面的管區警員起身準備下車。我也跟著作勢要站起來。但是，一隻手按著我的肩膀，同時有個聲音說：「請先不要下車，我們還要去別的地方。」

3

他們帶我進入一棟建築物樓上的一個小房間裡。恍惚間，我聽到有人說，你先在這裡休息，白天我們再談。接著他們全部消失。門從外鎖住。四下突然變成死寂一片。沒有人，沒有聲音，沒有任何移動的物事。只有一張長桌、數把椅子、四面牆，其中一面的牆邊有一道沒裝鎖的、上下透空的推門，門後是廁所。另有一面牆上高掛著那一幅經常可見的永遠笑容可掬的總統肖像。肖像上方的天花板下是很窄的橫窗，此時窗半開著，看得到鐵條一根一根豎立，鐵條外則是全然烏黑。森冷的空氣隱約無聲地從那裡滲進來。真的死寂一片，而且那種死寂，似乎隨著時間的過去在不停地逐漸增強，卻又好像在白亮的燈光裡不停變換著抓拿不準的形狀，很詭譎的。我在這個偪促的空間裡來回走動時，總是看見一直嘴笑目笑的那肖像，總是跟隨著從每個角度一直微微俯視關注著我。

我再次看看手錶。四點剛過。離天亮還久。我猜想，他們那些人，忙了大半夜之後，大概是回家睡覺去了。

終於他們來上班之後，是一整天的審訊。

天黑之後，主訊的那個大個子帶我下樓。

「沒事了，陳先生，你可以回山上繼續讀書了。」

他說這話時還用手輕拍了幾下我的背部，像是長者的疼惜與撫慰，而且特別叮嚀了幾件事：「你不可以將今天的事告訴任何人，居住的地方也不可以有任何變動，萬一你要去哪裡，都要事先告訴我們。」

我走出一小段距離後，回望建築物。約略看得出應該是正面很寬的方形二層樓建築，但因為它的周圍到處是大樹和灌叢，暗影幢幢，背後又是一座稜線稍微起伏的烏暗小山丘和墨色的天空，輪廓看起來很模糊，尤其是在我剛才從中走出的大門入口穿堂的日光燈映射之後，整個顯得很不實在，像是某種掩藏在暗夜叢林裡難以名狀的奇特獸類，軀殼僵硬但又像是在不時地懶懶蠕動，沒有表情又不作聲地趴踞著，而那個大門內，刺眼的亮光，一樣地不實在而空洞，這時被門前圓形花圃裡一些雜樹的黝暗枝葉參差地遮住下半部，更像一個永遠張開著等待的大口。在這之前，我曾在這個小城市住過兩年，但奇怪的是卻好像從來不曾見過或注意過這個地方，只能大約猜測它的可能所在。

沒事了，可以回山上繼續讀書了。這是大個子剛才告訴我的。但我聽起來卻像是可疑難辨的回音，那聲音，糊糊的，好像發自腐味瀰漫的遙遠某處，然後曲折地穿過一大片迷霧濃重的空無地帶，來到我的耳邊，只讓我覺得更為茫然，無所謂高興或不高興。他和另一個人，這一整天交替接續對我提問，要我解釋說明釐清交代或他們所謂的「隨便聊聊」，那些或高或低的話語聲音，他們的許多表情眼色和動作，這時早已糾結一起攪動個不停如陰陰黑影中垃圾雜七雜八胡亂混合了濁水爛泥越滾越大在我腦裡竄行腫脹悶悶發出腥臭的氣息但好像又有幾次在恍惚之間意識到心裡腦中都變成空白甚至於像是整個身體都消失不存在了。這一天裡我無數次猜測著我到底出了什麼事他們想要幹什麼他們問話的意圖，但是他們的問題常突如其來從各個角落各個無法想像的方向從我二十六歲的人生當中一些破碎掉落的細瑣片段裡突然冒出來，同時他們在其間來回疾走踐踏或是停下來挖掘檢視收集或者隨手丟棄，甚至於那些碎片其實不是屬於我人生裡的至少我已不記得但他們卻一口咬定那是我的。他們好像在用隨手撿拾的樹枝棍棒鐵條或利刃之類的任何東西從四面八方隨意挑逗戳刺翻轉玩弄著一隻小蟲，並且經常顯露出得意快樂，或也不時表現惋惜遺憾的樣子。在整個過程裡，我一直有一種不斷被逼迫著往濁糊糊的泥淖深淵陷落的感覺。但我也曾經猜想，他們或許其實並不急於一時就要把我逼到一個角落，而只是玩興時起時落地觀察著我如何在渾噩驚恐當中慌張盲目地左閃右躲四處蠕動逃竄然後終於筋疲力竭。真的我一直不知道他們為什麼把我找來然後問我這一連串的話，也想不出他們想要知道的是什麼。他們不回應我任何的疑問。他們說，我們問，你才開口，我們問什麼，你就答什麼。我毫無頭緒。我無法理解。只是深感絕望。

我走去公車總站搭最後的一班車到終點站的谷口時，已經九點多了。回佛寺還得步行三四公里。峽谷裡的這一段路，我曾在白天走過幾次，路況還算熟悉，只是這時看起來完全漆黑一片。我只能藉著極為黯淡的天光努力辨識著路面。有幾個路段，我推測一邊是山壁一邊是陡崖下的溪谷，所以就儘量靠內側走，但又要提防頭部或整個身體撞到山壁凸露的硬石塊。尤其是經過那三處山洞時，真的是伸手不見五指，更看不見自己的軀體，只能同時用兩隻手小心摸索著前進。我一直渴切地盼望，至少會有一部車子吧，不管是從前面來或是從後面，跟我擦身而過，這樣我就會有短暫的亮光，或者也可以知道這世界上仍然有人在我身旁活動。然而什麼也沒有。周圍一直全部烏漆抹黑。只有溪水在山谷間迴盪不停的聲音以及偶爾突如其來的令人驚心的某種樹蛙或鳥類的突然尖叫。不時也會有一些水滴從頭頂上的岩壁落下來，打在臉上或手上。終於走出最後也是最長的一個隧道時，我才察覺到眼淚不知道從什麼時候開始的正在一直流一直流⋯⋯。

回到佛寺之後，我沒有直接進入房間；我不願意還要再去面對那一群人留下的凌亂場景。我走去最上層的大殿。三尊大佛，釋迦牟尼、藥師如來和阿彌陀佛，高坐在殿內的最深處，在清冷微黃的燈光裡低目無語。我沒有脫鞋入內，只在門外仰望。本來好像有什麼話要跟他們說，卻不知如何說，說什麼。仍然只有溪澗裡的水聲響個不停。那聲音，一直在我的腦子裡穿流激盪，好像在當中不斷地沖洗。好像有一陣子，腦子空了，一整個日夜所有糾纏紛亂的騷動都逐漸地在慢慢溶解。我在殿外大陽台角落的石桌旁坐下，抽了幾根菸。四周的山和天空，一片烏黑。在這樣的黑暗裡，在菸味當中，我彷彿察覺到一種幽冷清香的氣味一直在我身邊。那是我熟悉的含著些濕意的清脆氣味，來自群山本身與密綠的森林。

4

這是一九七二年。現在，事隔數十年之後，在我書寫的此時，我當然已經知道，一個連續當了幾十年總統的總統，在多年長期的培養部署之後，他的兒子，這一年，將從多年隱晦曖昧的幕後操控位置走出來，彰明正式地接掌全國的行政大權。而就在我入山掛單之後的不到兩個月裡，中華民國已經被驅逐出聯合國，這個席位已經被這一對總統父子長年信誓旦旦必欲消滅並且也不時訓示他們所統治的人民務必相信一定可以消滅的一個匪幫集團所取代了。漢賊不兩立。外在形勢，空前險峻。然而，我卻隱居佛寺裡，山林圍繞，每天除了有關文學的書籍或少數佛經裡的文字記述之外，所見的，只有這山間的樹木、岩石、雲氣、天空和少數出家人的走動，所聽到的，經常就是溪谷流水的聲音、風濤的聲音，以及早晚課誦時的經文咒語佛號。世界很遠。

5

世界很遠。

一位師父曾跟我說，佛寺所在的地理形勢，是一朵綻放的巨大蓮花。確實頗有幾分神似。四周圍那些山，突起聳峙，包括一些嶠嶠矗立的斷崖橫切面，重疊互層如花瓣。是有一條發源自脊梁山脈的溪流，穿山切嶺之後，來到佛寺的腳前，已趨於平緩而安靜了，在尋常沒有暴雨的日子裡，而大致沿溪築造的公路，走到這個路段，更幾乎都靠在水邊巉嶮的崖岸間，或是穿過岩壁成為隧道，時左時右，藏在花朵內的底部。佛寺左側，另有一道頗有坡度的狹窄溪谷，水在錯落堆疊的岩塊間衝撞，翻越，水邊也有一條轉了一個一百八十度的彎之後上到佛寺來的行車道。然而在寺院的範圍內，由於地形和樹木的遮擋，完全看不到兩條溪的水流和路過的人車；只有那湍急的水的聲音日夜不斷。花冠之內，以及那小小的天空，是我好幾個月來每天視線的邊界。花冠之內，好像是封閉的，把許多人事物隔絕在外。很小很小的一個天地。在這裡面，生活的節奏很輕。時間以一種特殊的方式行進，雖有緊張的時候，卻也彷彿常在歇息。

每天早晨四點半，大殿裡就已開始叩鐘開靜了，接著是擂鼓。五點起是出家人誦經約一個小時的早課。我有時會在鐘聲裡醒來，躺在床上，靜靜地聽著那持續一零八響的聲音在黑暗裡擴散，前後呼應，一遍又一遍，在我掛念著似將悠悠消失於浩渺無際的什麼地方的時候又再一次揚起，好像一再地帶著我到越來越遠的地方去，堅定沉穩。我是聽不到當值叩鐘的師父叩鐘之前唸誦的幾遍偈語和每一次鐘響之間吟詠稱唱的發願文與佛號，但我靜靜躺在床上，專心聽著鐘聲和隨後的鼓聲，經常似乎可以真切感受到一種虔敬和認真，人的願心，在天還未亮的寒冷的清晨，溫柔地來回激盪，好像可以穿越種種障礙，輕盈飄揚和沉落，讓黑暗裡的無邊眾生，包括鳥獸以及山林和溪流，都能暫時獲得安定和自由。在這樣的心緒裡，有時我就起床，在戶外的洗滌台簡單漱洗，並且參加早課。有時我在鼓聲息止之後又入睡了；再次醒來也是因為聲音：鳥叫聲、獼猴的叫聲，或是木製雲板的敲打聲。在這一類的聲音中，一天開始。

每一天接下來的幾次集體行動的時刻，也都以聲音來宣示。六點半的打板，是叫寺眾到習稱為大寮的餐廳吃早餐的意思。板聲再起時，十一點半，午餐。大殿第二度傳出誦經聲的時候，是下午四點半的晚課。隨後大約五點三刻，晚餐；這時就不打板了，因為顧慮到有的師父過午不食。晚上八點半，暮鼓響起，然後鐘聲。而當鐘聲終於完全消失，隨即接著的是稱為安板的打板聲，表示一天結束了，止靜就寢。

就是這些了，標示了日子的開始與結束以及其間人們的作息進程。這些人為的聲響，規律簡單，每天重複，幾無變動，完全屬於寺內我們少數幾個人的一種規範或提醒。小小的天地，彷彿自律自足。

除了偶有行腳來此掛單，悄悄住了幾天然後又悄悄離開的雲遊僧人之外，常住師父只有四位。那幾個月裡，我交往說話的對象，也幾乎只有他們。我跟他們一起吃齋，偶爾參加早晚課。我也喜歡和他們坐在大寮的小板凳上，一起挑揀散置地上的一大堆各種菜葉。那可能是從大市場整簍買回或是從棄作的菜園撿得，也可能是某些種菜人家送的。我們挑出已腐爛的部分，把還可食用或僅稍顯萎靡的分類包裝儲入大冰櫃裡。他們也教我如何把黃豆加上一些什麼藥材燉煮成好吃的配菜，如何將一般人家不吃的香菇蒂耐心撕成細絲然後炒成很香很下飯的一道菜。有時我和他們去寺後陡坡的岩塊間尋覓仍有些許日照可達的小空地，稍加整理之後播種菠菜、茼蒿、油菜或移植山蘇。九月兩次颱風過境時，我還曾跟一位師父溯著不停奔竄沖濺的滾滾大水，去上游修理被亂流沖壞、砂石淤積的引水管的源頭。

就在這一類日常的一起勞作中，我們時而隨便交談，說一些日常生活裡的瑣碎事物，說他們身在佛門中一些小小的滿足，或是一些或這或那的難免仍未完全放下的煩惱。雖然我有時會想，出家生活的每天當下，似乎也是平庸的，仍不外乎吃飯睡覺，仍有起心動念與嗔癡，但也常覺得，自己好像還頗為喜歡這樣的生活情境。他們虔誠禮佛，他們光亮的頭顱在崎嶇的菜園裡流著汗起落，他們在前院的桂花、夜合、山茶等花樹之間悠然行走或駐足抬頭看山看天，他們晾曬在屋頂平台上的灰色僧服在陽光下時而微微隨風拂動，一起曝日的還有高麗菜乾和蘿蔔片。簡單的活著，自由，歡喜，與他人沒什麼大干涉，對他人也不太可能帶來什麼大傷害或威脅，行住坐臥好像沒有什麼痕跡，有如四周樹木草葉那樣的靜靜成長。空氣常在有無間，在其中游動。更高的地方是山的稜線，蓮花的花冠，是天空和雲。

偶爾我會好奇地向他們請教佛法或他們各自修持的法門或是出家的緣由，他們經常提到的大抵是業障、我執、輪迴、空、菩提、般若、解脫、慈悲之類的語詞和意思。更常的是，我自己會去翻閱一些經書，從那些充滿娑婆時空想像與艱深的心識辯證的文字描繪記述中，或者從若干大師們的開示裡，試著了解其中言說的人痛苦之起源與止息的道理，如是我聞，感知佛法所承諾的終極智慧、光明與喜悅。於是我就會去揣測，這些師父們，他們選擇放棄了俗世間的競逐，卻也仍要各自分擔職司日常寺務，遵行儀規戒律，大抵按時散步，此外，就經常不見人影了，想必是在關起門來的房間裡讀經、坐禪或念佛拜佛，那麼，他們確實是下了極大決心的吧，決心熄滅熱情卻又培養熱情，決心退避卻又要不斷激勵精進，講究如何降服其心，蛻變精神，穿越那世間的瞬息表相，居住在絕對裡，在自己這有心有意的色身之內發現真正的寧靜與至福。我想像，他們存活在群山之間的這個小角落裡正如何地遠遠看見山外那個無常生滅的人類社會，它的無明渴欲，它的運行。

一切有為法，如夢幻泡影，如露亦如電。

應作如是觀。

應是這樣子的吧。

是這樣子的嗎？

深夜或午後，當師父們都在休息，我往往會上去大殿，找一個蒲團坐下來，獨自面對著佛，也面對自己，慢慢數息，收斂和調整那或許猶疑散漫的心。本來就很難見到外人進出的一天裡，這時，真正是四周都沒有人了，一個完全屬於我自己的很小的天地，真的與他人無涉，好像氣魄不宏大，卻又常讓人覺得身處在一個無限廣邃的空間裡，單純，無害，自由，歡喜。

6

世界很遠。

每天大部分的時間，我在房間內讀書。書桌側靠著面東的一扇窗。我朝南坐在桌前，天晴的日子，可以看到早上的陽光先是照射在窗外斜坡的許多種闊葉樹上，催起一些水氣，樹下的暗影隨著慢慢轉亮。（這時，那幾隻獼猴或許已經來過了；牠們經常光顧的那一棵高高突出在其他樹木之上結了暗紅小果實的大白榕，閒定地伸枝展葉，在我眼前十餘公尺外。）不久之後，大約一刻鐘吧，等到太陽移至某個角度，從溪對岸遠方的一處山腰背後走出來，陽光就會一大片進入我的房間裡，照在水泥地板和棉被上（棉被上下兩床，都是佛寺提供的，被面布滿顏色已淡的牡丹花圖樣），也照著小書桌上少數的幾本英文書：一本西洋文學概論，一本美國文學史，一本二十世紀美國文學，兩個版本的三本英國文學史，一本文學批評文集。以及一本字典、兩本有關翻譯寫作的薄冊子，和稍作分類的幾大疊重點整理筆記。（與考試無關的《人類新希望》、《羅素散文集》和借來的《心經略解》及《四十二章經注》，收在抽屜裡，是偶爾拿來轉換或調整心思的。）

這些英文書，九月以來，就是我在這個山中佛寺裡每天閱讀的。儘量按著自己規定的進度，我在那些其實難以完全明瞭的外國文字當中奮力泅游前進，快速通過長達約一千五百年的英國文學史萌發期之後，從中世紀、文藝復興，以至新古典、浪漫、寫實等主義，來到二十世紀，從喬叟等等等到艾略特、康拉德等等等。另外還有美國的部分。我一概或咀嚼或強為吞嚥，並且儘量提挈自以為是的綱領作筆記，然後反覆背誦，從時代的歷史背景，政治社會指涉，到文風的傳承與變遷，運動與反動，主次要作家的簡要生平，重要作品的風格特色與評價。經常也得要參閱另外的某些詩或是某篇小說的若干章節，以為印證，並加強記憶。

一直都是這樣用功讀書。一種每日持續的、肯定的行動。陽光的前緣，於是從房間的地板爬上了我書桌右手邊的桌面，然後在我同樣不曾察覺的時候又已從書桌左側跨出窗櫺了。陰影落在屋外紅漆斑駁的鐵欄杆上。桌面轉涼。這時我曉得，將近十一點了，上午即將過去，就要打板吃中飯了。我回去確認這一個上午的成果。

我繼續讀書。有時怎麼樣忽然的一陣不尋常的聲響，讓我驚疑地從書本中抬起頭來。視線往窗外搜尋，也許只看到某處樹葉枝枒異樣的顫動，也許遠遠望見一隻大型鳥的身影數個起伏之後，消失在樹林間或某處山坡外，或是兩隻或三五隻我叫不出其名字的什麼鳥在相互追逐嬉戲，不久又飛往看不見溪谷的下游方向去。也或許，是那一群十幾隻的紅山椒鳥又來了。仍然是多數的紅色的雌鳥伴著三兩隻綠色的雄鳥，甚至有時也有黑色的小捲尾來加入，全部也仍然那麼活潑快樂、玩耍過日的樣子，在那棵高大的白榕樹上不時飛躍和短暫歇息。經常會在午前去採野菜或草藥的一位駝背的老尼師，這時或許正動作遲緩地走進樹下稀疏的矮灌叢。枝葉唏嗦。於是，整群紅山椒一起呦呦細叫著又結伴飛走了。陽光依舊在樹林間閃爍。

我繼續讀書。大約每隔一個月寫一封簡短的信給父母，一再向他們表示，我一切安好，每天用功讀書，準備考試的事很順利，到時錄取應該沒有問題，請放心……。似乎滿懷信心。好像有一個確定可以實現的希望，一個明白的去向。的確經常如此。然而信寫完，放在桌上，有時會有一種索寞或憂傷的情緒突然幽幽浮起，一時間似乎又不那麼篤定了。有些不安。甚至於可能就是害怕吧。害怕萬一沒考上，我到時又將怎麼說。為了考研究所，念文學批評，我那麼斷然辭掉教職，跑到山裡面，住在一座佛寺裡，他們當初知道後只說：「安呢敢好？」他們一生住鄉下，全心務農，只知道我念的是英文，不會理解我為什麼會有文學這款興趣，或者文學是什麼，文學批評又是用來做什麼的。

然而，我自己難道就真的理解了？

我其實也不能真切理解。只是內心裡一種莫名其妙的需要，一種隱隱然強烈的吸引力，抓拿不準卻又好像可以十分肯定。一些詩、一些小說，以及極少數的散文與戲劇，在過去成長的歲月裡，尤其在進入城市裡讀初中知道圖書館裡有那麼多藏書可以借閱之後，曾經伴我經歷了許多獨處的時刻。那些文字，包括異國的，默默發聲，越過時間和空間的若干距離，在某個時候的某個角落洗滌著我的心，提示精神，給我喜悅、安慰或鼓舞。在學校的功課及作業和家裡農務的勞動參與之外，那是完全屬於我的一個個隱密的天地。隱密的天地，一個個，小小的，但又寬闊無比。一個個，各有獨樹一格的令人驚喜的言說方式，敘述描繪，象徵說明，感覺與思索，質疑並且辯護，定位真實的想像，揭露人的處境，分辨表與裡，發現美與定義，細節與祕密，同時也彷彿在召喚著人們往昔若干原以為消失的記憶，召喚著未來遲疑的夢想與勇氣，經驗神聖與褻瀆，瞬息與永恆。在許多原來視而不見的事物裡突然綻放出光芒來。顏彩繽紛，香氣馥郁。我在其中遊蕩，心思跟著文字走，時而張望，時而出神，時而因恍然大悟而驚呼，時而停下來獨自嘆息，或者哭泣。

那一個個的天地裡，似乎都隱藏著部分的一個曾經失去的和仍未經歷的我自己，並因此迷惑著我往前走。我以為或許可以在其中尋找到一些什麼線索和意義，或者因此也可以找到自己。

而文學批評，主要與一位老師有關係。

老師剛從國外學成歸來，除了為我們導讀康拉德、喬哀思等人的小說之外，另開了一門文學批評的課。上課時，他的視線絕大部分時間都以略微抬高的角度，越過台下所有同學的頭上，投向遠方，其端點我判斷可能就定在大教室後面牆壁與天花板的交界處。他說話時，音色圓潤，語氣從容，思緒通暢。每一堂課，他都以一種極為自信沉穩並也因而讓人信服的姿態，帶著我往一個既宏偉紛繁又細緻清明的殿堂深處走去。有時，我會覺得，他也許不是在對我們這些學生講話；他那發亮的忘我眼神，那整個的奕奕神采，以及他在講到某些段落時偶爾兀自露出的微笑，讓我彷彿覺得，他的視線，以及聲音，好像已經穿過牆壁，去了更遠的地方，正在跟若干已逝或仍然在生的創作與理論大師們對話交流，一起呼喚著文學的神靈。回音不絕，在教室裡盪漾。他談到了雄渾、崇高、玄想之類的語詞與主張，也談到了批評人生、詮釋生命。我因此逐漸曉得，閱讀文學，原來是有門徑的，必須講究；原來，作品是要禁得起細讀分析的，而且也必須這樣去細讀分析。他的小說課是必修的；批評課，我旁聽一年，接著又正式選修一年，從來不曾缺席或遲到早退，風雨無阻。我知道，他宣揚的是所謂的新批評。後來我也知道，新批評的方法有一定的侷限和偏頗，曾屢受抨擊和嘲諷。但兩年的這門課程，在當時卻深深啟發了懵懂卻熱切地尋索中的我。

我知道自己大概沒有寫作的敏銳心靈與才情，但我以為，在文學上，或許仍可以辛勤學得一項學問知識，一套道理準繩方法，可以用來說明作品裡的真意，分析技巧，透視創作的祕密，確認質地，指出哪些作品是值得閱讀或不值得閱讀的，哪些是魚目，哪些是珠。畢業之後一年當兵和兩年任教國中期間，對自己失望時，總會想到應該進研究所學習這一套理論與方法，並且能像老師一樣，在長期的訓練與思考之後，也能純熟流利地運用與表達。

所以我繼續讀書。

晴天時，午飯過後，我也許會離開房間，下階梯，走出前院，在下坡車道的急轉彎處越過雜草間巨岩圍成的天然石堤，進入狹窄的溪澗裡。我沿循著自己摸索出來的路徑往上游走，穿行在水流奔竄其間的磊磊石頭上，小心跳越，或是手腳並用地攀爬，時走時停，停下來看流水的樣子、石頭的紋路，或是樹葉的飄落，或只是單純在審度前路。終於來到一處難以越過的小瀑布前方時，我可能轉入岸上，走一段獵人的小徑之後再折回溪谷，繼續深入至一處幽祕的水池，站在池邊張望，或是在較不濕滑的石頭上坐一會兒，也仍然只是看看水、石頭和樹，然後就滿足地或帶著一種似乎疏闊的心情回來。而經常我也沒走那麼遠；在瀑布的地方就停住了。我趁著太陽仍在峽谷上空因此水不那麼冰的時候，脫光衣服，在瀑布下的水潭裡游泡一陣子，然後起來，躺在微有熱度的大石頭上。雲在溪谷上方的天空下悠閒地從這一岸走到另一岸。水聲在整個溪谷裡嘩嘩轟轟地迴盪不絕，好像永無變化。很單純一式的一種極為飽滿的聲響背景。然而仔細聽辨時，卻又可以知道其中有水的跌落水面以及水在石頭上輕重緩急不一的跳躍、撞擊、拍打、翻滾，或迴旋，彼此穿透，激盪，反覆回響。偶爾可能還有紫嘯鶇突如其來的金屬性的尖叫。我起身穿上衣服，拿出隨身攜帶的筆記，默記或朗讀，就這樣在水邊坐半個下午。後來有時可能就睡著了，醒來時，水聲依然在身邊交響。茄冬和青剛櫟枝葉的影子，則已爬上了紋理糾扭彎曲的岩壁。

照著來時的路回佛寺時，在溪谷中有幾次曾碰見獵人。他們也許正在谷中烤獵物，也許揹著竹簍或帆布袋，將要深入高山好幾個日夜。一群小黃蝶聚在岩壁下安靜吸水。有一次，我看見單獨的一隻獼猴坐在岸邊的一棵楠樹上，透過葉隙，不動聲色地一直觀察著我戰戰兢兢地走過。回到入口時，太陽可能早已在大山背後了，空氣正在迅速轉涼。

我繼續讀書。參加晚課時，到了最後，和師父們一起吟唱著普賢菩薩警眾偈中「是日已過，命亦隨減，如少水魚，斯有何樂？大眾當勤精進，如救頭然，但念無常，慎勿放逸」的時候，心情常會波動不已，也分不清是感動、哀傷、懺悔，或是惶恐。

我繼續讀書。

7

他們先是認定我正在從事什麼任務，或者，至少有什麼不軌的圖謀。

大個子坐在我對面，左手不時來回摸搓著臉頰和下巴，兩眼注視著我，偶爾看一眼握在右手上的筆、桌上的兩疊十行紙，或是那旁邊另有的一張密密麻麻寫了字的便條紙。他臉上的表情沒有任何變化，但是看起來卻好像在為無法讓筆錄有一個有力的正式開始而相當困擾的樣子。他講了許多話；事後回想起來，這是三次偵訊過程裡他們的人話說得最多的一次。他一直不能理解我為什麼會獨自住在山裡。他說，住在那種深山野外，鳥不生蛋，無聊無趣，若不是精神有問題，就一定是有什麼不得已或不如意，譬如那些尼姑和尚，一定是婚姻啊愛情遭遇什麼變故，受到什麼打擊，才那樣心灰意冷，那樣消極。不然，就一定別有什麼特殊目的、居心。他說，他全家人搬來這個縣城好幾年了，從來就不知道有這個地方，即使知道了也不會想住在那裡。他似乎一直很真心誠意地論斷著個人的信仰與興趣，很真心誠意地嘲諷別人的私領域。他反覆強調：「一個人，年紀輕輕，好好的工作不要，卻跑去山上住在廟裡，你自己不覺得奇怪嗎？說只是在讀書，準備考試，誰相信啊？」我也只能反覆說明。後來我懷疑，他是真的無法接受我的解釋，或是故意裝作不懂，想要迫使我不耐和著急，並因此透露出些什麼東西。每當他說話時我看著他鼻子上和鼻翼兩側頗有一些的粉刺黑斑和凹洞，或是在他終於決定要寫下幾句筆錄而低頭的時候看著他那短髮裡灰灰的皮屑，我那些從昨晚獨自留在這個小房間裡之後就不時在腦子裡盤繞的疑惑，往往就又會一再地出現：他，他們這些人，到底是什麼人呢？這裡，是什麼地方？這是政府的什麼單位嗎？而這一切，究竟是怎麼一回事？

我曾幾次伺機試著委婉地想要尋求解答，但他一概不回應；他說，我問，你回答。我猜測，那一張便條紙上寫的可能是一些問話的重點提示；他有時會看著那張紙若有所思良久，然後再抬起頭來向我提問。偵訊大概過了一兩個鐘頭之後，我忽然有一個想法，覺得這個人其實並不如昨晚給我的初次印象那樣果決幹練，而他那張無表情的臉是一種偽裝，用來掩飾心思的僵硬與空洞，同時展示威嚴。這麼想的時候，我反而開始擔心，要讓他理解他原來固有的識見以外的東西是很困難的。

他陸續問了許多問題：我真的沒有發報機嗎？我把它藏在山中的哪裡？我用來跟誰聯繫？我在軍中接受過怎麼樣的通訊訓練？我看過共匪的空飄傳單嗎？知道哪些人曾經撿獲過？我有收到海外台獨分子的刊物嗎？認識哪些人？有誰曾經跟我有所聯繫？他問到我是否贊成台獨時，我說我沒想過這回事，我也不曉得所謂的台獨所主張的內容是什麼。

「肏你媽的。」他忽然大怒，接著是一大串的斥責：「你是台灣人，你竟然說你不曉得、不贊成台獨。你什麼事情都死不承認，誰相信啊？你要騙誰啊？台灣人都一樣，仇恨外省人，恨不得趕快獨立，把外省人統統趕進海裡去。」

我一時有些因他突來的暴怒而呆住了，同時也頗覺傷心。但也由於他的這一番話，我才忽然領悟到，這大概就是一場關於所謂叛亂所謂政治犯的審訊了。以前只是很偶然才會聽到的祕密傳聞，現在卻發生在自己身上了。我想到也是祕密傳聞中的二二八事件。我也很快想到，千萬不能被他認定為台獨分子，因為也是在傳聞裡，這個罪名，必然被槍斃。我十分恐慌。我急著舉例跟他說明我從來不曾排斥所謂的外省人。我說，我有一個很要好的朋友，湖北省籍的，他初中跟我同班，高中分開之後很巧又考上同一所大學而且還同系同班，我們曾經在校外租屋住在一起兩年，他是極少數受邀到過我家的人，他也曾請我到他家裡去。為了取信於這個偵訊者，我還繪聲繪影，說我阿嬤如何為他殺了一隻雞，他如何地第一次看到和吃到從我家附近小池塘抓到的野生土虱時對牠的長相牠的兩根長鬚連呼驚奇，以及我如何隨著他走在眷村的窄巷子，如何還記得他母親用紅蘿蔔切成極細的絲加上麻油和鹽和其他的什麼調味料作成一道小菜的美好滋味。為了取信，我還說，大學我們有一個讀書會，不同年級的七八個同學，彼此感情都很好，直到目前都還有聯絡，其中就有將近一半是外省籍的。沒想到他馬上轉而問起這個讀書會是幹麼的，如何組成，並且要我一一寫下所有成員和指導老師的姓名。我這時忽然醒悟到，我是不是節外生枝，闖禍了，他們會不會因此意外受到牽累。

他繼續追問。許多問題越來越牽來扯去，而原來的一個問題更可以一再地岔開，衍生出各種繁瑣的問題。我的頭腦好像不時被拿起來劇烈地搖晃幾下子。但我儘量保持清醒。後來我才察覺，他的問題似已轉了一個大方向，越來越多地涉及我過去的兩年教書經歷，並且逐漸集中到第一年我在某一班上課的情形。他問我為什麼經常在這些學生面前攻擊政府，說總統父子威權專制，官員貪汙腐敗，說農民受壓榨欺負，說農會、水利會是統治和選舉的工具，救國團也是，操控和愚弄熱情而無知的學生，大陸的那些學生就是這樣成為紅衛兵，搞文化大革命的，三民主義很有疑問，軍隊裡有許多造假矇騙的事，共軍武力相對強大，國軍不可能打贏共產黨，反攻大陸毫無希望，一些黨外人士選舉或倡言組黨被關，國民黨藏汙納垢，歷史不光榮，要能堅持原則抗拒威脅利誘不入黨，否則一生可恥，愛國家不必然就要愛政府，愛政府不必然就要愛國民黨……。他陸陸續續提出問題，說為什麼跟學生說這些事，當時我又是怎麼說的。

「你為什麼這麼不滿政府不滿社會不滿我們的黨？」他說。

在他的這一番糾纏且又跳躍的問話裡，我確實努力著要去回想我兩年前在那兩個學期裡到底跟那班學生談到這方面的哪些事以及我到底是怎麼說的。我記得，那一班學生都很聰明而且活潑，十五六歲好奇愛隨興發問的年紀。我們的確幾乎無所不談。在那些五花八門的話題裡，我們也的確很偶爾會觸及這方面的事。然而我也可以很確定的是，我絕對不可能講得如此明目張膽。絕不可能。我還不至於那麼懵懂莽撞囂張，講得那麼坦白。或者說，最根本的，我不可能有那樣的勇氣。我知道什麼話可以說或是不可以。在那一段漫長的年代裡，我和絕大多數人一樣，心中自有許多禁忌。

我不斷地努力辯白。但他說學生某某某以及某某某已經供認已經寫下自白書了。他轉述他們的說詞和對我的指控，並且要我也能坦白交代，不要再繼續狡辯和否認。他說，「和他們一樣交代清楚，就沒事了。」我這時才知道我的這些學生原來已早在我之前被抓被審問了。怎麼會這樣呢？到底發生什麼事了？但他仍然是一概不說。我想到他們上課時認真而機靈或調皮的神情，也想像著他們被盤問時驚慌害怕不知所措的樣子。有好幾次，我的心神又飄走了，或著好像是忽然斷裂和停頓，分明聽見隔壁有人在撕扯著紙張之類的東西，聽見遙遠的鳥叫和佛寺的鐘聲，而且聞到了家鄉田園清晨的氣味，看見小時候的我赤腳走在上學的泥土路上……。頭腦被激烈地搖晃著時，得要掙扎幾下子才能回到自己，回到他問話的意思上。感覺非常非常疲乏。

中午休息時，他終於從我眼前暫時消失。似曾在昨晚見過的另一個人，拿了一個便當進來給我。他笑嘻嘻的，熟悉熱絡的樣子，說話時有很明顯的本省口音。他離開房間之前，最後所說的，也仍在強調同樣的意思，只是帶著好像在暗通消息、偷偷告訴我的語氣：「啊沒事啦，好好跟我們合作，交代清楚就好了。」

我只吃了一些。我趴在桌上想要睡一下子，但是毫無辦法。頭腦裡好像有數不清的許多蚯蚓在一大灘汙穢的泥水裡四處辛苦鑽竄。我也意識到，肖像裡永遠微笑著的總統，也仍在殷殷注視著我。然而我已毫無抬頭仰望的力氣了。

下午的偵訊，另外加入了兩個人，其中一個是那個中午送便當的。他們有時換班輪流，有時兩個一起，有時三個各據著桌子的另外三邊。有時如車輪戰有時如圍攻。我只能被動答話，永遠被限制在防守的一方，而且無可挽回地總是在節節敗退。大部分時間都在反覆追究先前已說過很多次的老問題。枝節仍然不斷橫生，在我前後可能稍有不同的措詞裡，更在他們有如暗地裡競爭著聯想力的死纏爛打裡。三種不同的腔調，此起彼落。時間忽前忽後。但是也明顯可以感受到，情況與進度的掌控，仍以大個子為主。全新的問題大概只有兩項，一小一大：我當班級導師，為什麼經常不參加升降旗，不參加國慶日和總統誕辰紀念日的慶祝遊行？為什麼服預官役時會被記過，罪名是公然煽動部隊、侮辱長官？

最後要我確認筆錄時，房間裡剩下大個子和我兩個人。筆錄其實不很長；他並沒有逐字逐句地順序記錄，而是已任意選擇整理過。我的許多辯解，包括他自己提過的許多問題，都沒有形諸文字，更有很多斷章取義的地方，很多意思有出入。我一邊儘量振作起精神仔細閱讀，一邊表達異議。爭執一直持續。時間常在僵持。但是，最後能更改的並不多。我這時已被叫過去，坐在他的身旁，他則不時將頭靠向我，看著那些我不以為然的記載。我更為明顯地看到他臉上的那些斑點凹陷。更也隱約聞到了一股令人極為難受的體味。我忽然不想太去爭辯了。我希望這一切趕快結束。在少數的那些終於獲得更動刪減或增加幾個字的地方，我匆匆地一一按下指模。

最後是簽名，以及最後的一個指模。

8

偵訊回來之後，我告訴自己必須繼續讀書。我坐在桌前，文學史翻開來。但是在許多層出不窮的瞬間，書上的那些文字就會突然抖動了起來，扭曲變形，整個書頁變成有如灰塵一片。我知道我的心不在了，有一部分已被剝下，踩爛，失落在那個掛著一幅慈祥肖像的小房間裡，仍在那窄促的牆壁之間濕濕糊糊地抽搐著，難以收拾回來。一種比劫後餘生者的茫然無助更為沉重窒悶的空虛。不但驚魂未定，更還在為未來惶恐憂慮。我坐在桌前，文學史翻開來，然而我似已失去對未來、對永恆的美好想像了。日子破碎而虛弱，在我身邊蹣跚行走。

我甚至於逐漸生出一種對自己失望的感覺。

那些人，他們的那些仇視敵對壓迫的樣子，那些指控斥責冷笑威嚇的聲音，他們認定你說過哪些話或沒說過哪些話，指責這些事那些事指責動機，然後說暫且先饒了你，但不可以跟別人提起這回事，而且必須隨時讓我們知道你在哪裡，面對所有的這些，整個過程裡，從頭到尾，我好像都是低聲下氣的。我好像一開始就認可並接受了他們有這種恐怖的惡權力；心中雖然有過懷疑，卻不敢堅定質問，因此所有的辯解，好像只是努力地在一邊揣摩著他們的心意，一邊向他們解釋自己，以求獲得他們的諒解。好像我確實曾在無意間犯了一些大錯，或至少有過若干缺失，而這些錯或缺失，已帶給了他們莫大的痛苦，因此我有責任要設法消除，要一再地解釋。是啊，對著張牙舞爪而其實我已看穿其心智貧乏猥瑣的那些人，我竟然，一再地，解釋自己。

文學史翻開來了，一直攤在我眼前的桌子上，在字裡行間經常出現的，正是這些驚恐自責疑惑交加的情緒，極為低落的挫敗情緒。為了想要排解或克制這樣的情緒，有時心思費盡了，精神卻反而越加感到疲憊。讀書的時間因此大為減少。後來我乾脆把書收起來，放進抽屜裡。

我較多地接觸了一些佛書，告訴自己諸行無常，諸法無我，自淨其意，希望找回內心的一些平靜，找到一些依靠。然而我卻也發現，佛對於統治者的統治方式似乎是毫無興趣的，他關注的焦點是社會邊界以外的人的生死以及一個據說更高更大的生命，而不是在難以棄俗絕世的境況裡人的企盼與尊嚴、反抗與自由。

我因此用大部分的時間在山裡遊蕩。我走入那一條幽祕溪澗的更深處，在一些石頭上躺了很久，聽流水的聲音，看山與樹的光與陰影。有時候我一大早就出門了，走很遠的路，去一些原住民過去曾經居住的山區。有一次，我穿過那幾乎已掩沒在蔓草灌叢間的崎嶇小徑和森林之後，坐在一個日本巡佐苔痕斑駁的墓碑基座上細嚼慢嚥著我自己捏作的飯糰。茂密的樹梢在大風裡擺動。兩隻松鼠曾結伴來探看我一陣子。有一次，我穿著雨衣連續爬了兩個多小時的急陡坡，到達山頂一個散立著五六間竹屋的舊聚落。雖然看似久已無人在此生活，但仍有十幾隻雞跟半袋飼料一起，蹲坐在一間鐵皮棚子裡。我與露出奇異眼神的牠們打過招呼後，站在低矮的屋簷下看櫻花。櫻花十幾棵，看來頗有一些年歲了，在逼人的寒氣裡，枝枒上的花，一簇簇的紅，渲染在一片迷茫的雨霧中。還有一次，我帶著一條向佛寺借得的毛毯，爬更遠更高的山，晚上和一位陌生的老榮民喝酒，一邊聽他不連貫地說著生命裡的若干故事，然後和他一起睡在他的小屋裡。隔天起來，天氣很好。陽光照耀著住處周圍階地上他獨力種植的那些果實纍纍的青椒、正在吐穗的玉米，和遠方的山巒。

我回到佛寺時，大概天都已經黑了。若赴不上用餐時間，就自己泡一杯牛奶再加幾片餅乾。八點半的暮鼓時刻，我也許會去大殿看師父擊鼓敲鐘，在殿內繞行，讓鼓聲鐘聲和師父詠唱的發願文及佛號在我心中迴盪。有時我則趁著天地一片黑暗，一個人走出前院，然後右轉，摸索著走上不斷顛搖的吊橋，時而來回走動時而坐下來。整天的野地攀爬之後，隨著體力的大量消耗，心中和腦子裡原來鬱結並蒸騰著的那些悶氣，似乎也已在逐漸紓解或溶化了，也彷彿，自己與自己，逐漸有了一些和解。來自橋下流水的聲音，或者還有風濤的聲音，此時充滿在黑暗寒冷的空氣裡，在這個千年萬載的山谷間，在我四周。鼓聲鐘聲隱約，也在其中如遙遠天際某處海浪的微微起伏。近日裡一些驟然窒息死掉的東西，彷彿也在這些黑夜的深處掙扎著要慢慢回魂過來。然而，我也還是可以清楚意識到，屈辱憤怒無助之類的感覺，依然沉悶在心裡，難以消解。

9

第二次偵訊，是在第一次偵訊的二十幾天後。問案的換了一個我未曾見過的人，一個大概就是一般所謂的一表人才的人。很年輕，可能大不了我幾歲。穿西裝打領帶，看起來斯文有禮。年紀顯然大很多的大個子站在他身邊，簡單介紹說：「這位是台北來的長官。他想進一步釐清一些問題。」語氣和神態顯得拘謹節制，很不同於問我話時的樣子。他說完話，獲得了長官眼神的示意之後，就退出去了。

這一位新的偵訊者像是既親切又客氣地請我在他的對面坐下來時，兩眼仍然一直看著我。他先是有如一位未曾謀面的長輩親人那般關心我的近況：你就是某某某嗎；氣色還不錯嘛；這幾天在山上都還好吧，都在做些什麼事啊；書念得怎麼樣了；考試應該沒問題吧；有沒有跟誰聯絡啊；有沒有什麼學生或朋友來找你；你都沒有騙我喔，等等等。他如此垂詢時，嘴角總帶著淺淺的笑意。後來他取下眼鏡，拿在手上看了好幾秒鐘，好像是在研究著鏡片裡是否存在著什麼稀有元素。重新戴上眼鏡時，他說：「沒錯，我們想進一步釐清一些問題，進一步知道你的一些想法。您願意幫忙我們的話，我們也才能幫您。這，你應該會了解吧。」稍微停頓之後，又補充說：「我們希望不至於有刑求的必要。」說最後這一句話時，笑容變得很明顯。我周身一時之間感覺到一陣冰冷。

後來我才知道，他對我所說的話不以為然時，也往往會露出這種甚至偶爾還帶著笑聲的笑容。兩個多月以後，我在監獄裡，回想起這一天，也才覺得，整個歷程，很像是在接受一場極為奇異而漫長的思想考試。

最先考的是解釋名詞。他拿出我自己用廢紙裁切釘製的那一本小札記簿。在那些零零落落歪歪斜斜的隨手筆記中，他事先已用紅筆特別圈起了一些字詞或短句，譬如說：背叛、躍進、奮起、黑、這樣公平嗎、遁、生死、禁、搞丟了、喬哀思、腐敗、虧欠、陣線、虐殺、走自己的路，等等。他一一地問，問我這是什麼意思。我跟他說明過了，這些大概是我讀書不專心時隨便寫下來的，大都只是一些瞬間的念頭或情緒，其中除了有一小部分涉及我的一段剛結束的戀情之外，大部分，我其實也已忘記自己是在什麼情境下寫的，也不知道它們的確切指涉，是沒什麼意義的。但是他不這麼認為。我們一頁一頁地問與答。他不時露出笑容。他原來預設的答案，或者說，他希望聽到的答案，都指向一些匪夷所思的意思。後來，有點奇怪的是，我感覺到，從我的身體裡有時候好像會抽離出另外一個我，他站在角落裡，興味盎然地聽著我們的對話。

接下來的考試內容都集中在弗洛姆的《人類新希望》這本書裡。年輕的偵訊官認為，書中出現共產主義、社會主義、馬克思、毛澤東的地方，我都會畫線，甚至於還標示了驚嘆號，思想很有問題。他問我是不是很贊成或是很喜歡或是很嚮往這兩個主義的主張和這兩個人的思想。其實這兩個主義和這兩個人根本不是這本書探討的重點，毛澤東的名字好像也僅出現一次，而且我在書中畫線的地方還有很多，但是他仍然態度堅定地要我一一說明他感興趣的地方我為什麼一定要畫線，說明我是否同意作者錯誤的觀點。後來，他甚至於收起笑容，語氣有些亢奮地侃侃論述闡明著一些我在高中三民主義課本與大一國父思想教科書中學習背誦過的道裡。這時我覺得，他不只是在開導我，似乎也在說給自己聽，說給那個肖像聽。我也彷彿覺得，另外的那個我又出現了，也依然是那一副興味盎然的神情，他站在角落，身體斜靠著牆，聆聽這位真實信徒的長篇開示。

下午的考試題型轉為申論題。他說，從我上一次的筆錄裡看不出我心底裡的真正想法，其中有許多避重就輕、前後矛盾之處，不清不楚，所以他要換個方式，作進一步的釐清，希望我能坦白交代。他於是陸續列出了幾個主題，關於反攻大陸，關於國家與政府與黨的關係，三民主義與共產主義比較，三民主義實踐在台灣，主義領袖國家責任榮譽國軍五大信念，農村觀感，軍中經驗，等等等，要我親手寫出我目前的想法和意見，寫完之後我們再討論。他把一疊十行紙放在我前面。他說，文章的長短由我自己決定。

這是一個難題：要寫長呢或是寫短？寫長嘛，需花太多心思與時間，而且可能會招來更多麻煩；寫短則又怕他認為我在馬虎應付、有所保留。後來我決定每個主題以寫一頁兩面為準，大約總共五六百字。當然有時我也會刻意寫個一頁半或者不把一頁寫滿，因為我不希望他認為我寫得太制式。每寫一篇，我都要努力回想這一類作文範例裡的運思模式與體例，同時也頻頻抬頭看一眼牆上的肖像，希望能記起他數十年來豐富浩瀚的訓示文告裡若干特別英明睿智的隻字片語，用來充實我的觀點，並加強說服力。但另一方面，我也常自我提醒不能寫得太光明太歌頌，以免讓他一眼就看穿我是在寫作文；我必須適度地暴露我的異議和偏差，刻意把自己放置在自認為應該還安全的危險邊緣。我好不容易每寫完一篇，就交給年輕的偵訊官過目。他也的確總有很多看法和疑問，並且不時對照上一次筆錄裡的說法和他所謂的我學生的口供。因此每一篇之後都是一連串的詰辯攻防。每一次，他大概都會好幾次笑笑地搖著頭說：「你不夠坦白。」我不時仍會感到那種熟悉的恍惚，以及疲倦，但我也意識到，我似乎已不再像第一次偵訊那樣經常感覺受到驚嚇、茫然或挫敗了。

事隔這麼多年之後，我已根本不記得當天的筆錄是怎麼做的，但仍能清楚看到孤單的年輕的我在每一篇文章的最後按下指紋的動作。在我按下最後一個指紋時，他說：「你的文筆還不錯。鄉下出身的人能有這樣的水準，不簡單。只可惜……。」他沒有說下去。接著他站了起來，以一種像是對著桌子說話的口氣說：「你知道自己惹了什麼禍嗎？」我正處在一種近乎虛脫的狀態。我頗感意外地轉頭看他。這是將近一個月來不時浮現在我心裡的疑問，但這一整天裡我卻好像都已經不再在乎，現在他反而總算願意告訴我了。

他說我的學生都很喜歡我崇拜我，但也因此完全受到我的影響與蠱惑，上了高中之後變得很壞，思想極端偏差，經常在校內校外發表不滿政府的言論，甚至已在洽購槍枝準備武裝叛亂。聽到他們要購買武器這回事，我頓時覺得好像有什麼東西忽然在我背後爆炸開來。我急忙為他們辯解說，這怎麼可能，這絕不可能。我說，依我的了解，他們絕對不會做出這種事。我說，我會盡快找個時間跟他們聯絡，了解這到底是怎麼回事，若真有這種事，必定是因為年輕衝動一時糊塗。但是這個斯文的偵訊官忽然露出這一整天裡從未有過的怒容，近似叫囂地說：「你絕對不可以去找他們。你們不可以串供。」好幾年之後，我出獄，這總共十幾個曾一起接受審判、長期責付保護管束，甚至有的因受到刑求凌虐而毀壞了如何開朗個性的學生，曾多次與我見面。我問起購買武器的事。他們也覺得納悶，而且還哈哈大笑，互相揶揄。他們都說，那些屬於不同情治系統的審訊他們的人，根本不曾對他們指控過這方面的事。

10

早上曾經陽光耀眼。午前天氣就變了。含著濃厚潮意的雲霧，迅速越過東邊溪口一帶的山稜線之後，不斷地在谷地裡擴散瀰漫著進來。遠處的山頭逐漸消失，窗外斜坡樹林裡的中上層枝葉在風裡劇烈搖擺，不時還一陣陣地呼呼嘯叫。濕寒的空氣混合了陰影，從紗窗滲進房間裡。應該是又一個鋒面接近了，氣溫可能會下降個幾天，也大概會有連續幾個時日或大或小的雨。我已經將晾曬在樓頂陽台上的兩床棉被收進來並且疊好了，這時放在木板床上。當初，我曾認為它們的圖樣與花色俗豔土氣，它們幾個月來每天給我溫暖的夜晚，這時疊置在床上，沉默安靜，看起來十分美麗。

我決定要離開了。上午，我在附近的那一條溪谷裡和吊橋對岸的登山步道走了很久的一段時間。回來之後，還去大殿向垂目無言的諸佛告別，並且坐下來，面向著佛，感覺我內心裡的空虛、孤獨與憂傷。

我還是不得不離開了。先回家跟親人住幾天，然後再去學校報到就職。剛才吃過中飯後，我與師父們辭行。他們的臉上都有一些疑惑的表情。當家師父說，原來不是說好至少會住到三四月嗎，怎麼現在就要走了，研究所的考試日期是不是提早了。我跟他們說，因為有學校希望我下學期去任教，盛情難卻，所以不得不走。其實情形恰好相反。這個職缺是我在第一次偵訊後沒幾天就開始請託一些教書的朋友而終於才在幾天前確定的。那個大個子認為，一定有一組發報機藏在山區某個隱密處，我每天都用它在與某人或某個組織互通祕密的訊息。為了釋疑，我決心中斷原來專心讀書的計畫，像每一個正常人一樣有一份正當的職業。這時我沒想到，我為了表示清白而好不容易幸運謀得的這個教職，只維持兩個多月。之後我被押走，入獄。

這時，我還在收拾東西。少數的幾件衣服已經摺好放進行李箱裡。少數的幾本文學的書籍，也全部闔起來了，攤放在書桌上。我閉起眼睛，用手掌去一一感覺它們的封面，想一想其中我讀過的若干章節。好像有許多文字在其中蹦跳著說話與呼叫。我告訴自己，研究所照樣還是要考，那是一個希望，一個夢想。

雨真的開始下來了。窗外鬱綠的樹在雨中顫抖，噼噼啪啪。我等下就要走去山腳，坐兩點四十五分的車離開。

第二章／藏身

1

我在獄中就聽說過許多「出去的人」謀生過程裡遭遇的種種挫折辛酸和屈辱的事。一個根本的處境是，公家機構禁絕錄用，而好不容易受雇於私人的公司或店家之後，由於情治單位的不時侵門關照，老闆怕惹禍，往往也很快就會將你辭退。所以我出獄後回家，原本是打算就此留在鄉下種田的。這會很辛苦，我當然知道，但我想，至少，田地和農作物都不會說話，不會移動，當然也不會疑問、監視和跟蹤你，更不可能相互牽累，能絕對地放心相處和信賴；至於作物栽培管理之類更深入的情事，則可以很快學習。我想，就當作形勢所逼下的一種自我放逐或封閉，然後靠著一己的勞力，應該也可以勉強餬口自足地活著的吧，並因而或許還可以多少保有一些尊嚴、平靜、自在，保有一些美質。

或者，就像那些稻子、番薯或野草，在天空下，固定在一個偶然而命定的地方，沉默單調地過短暫的一生。

根據從小就曾幫忙種作的經驗，我當時以為，農民生活的艱難窘困，他們日日的辛勤勞苦之所以沒有相應的酬報，除了一些長期刻意壓榨欺負這些底層人們的政策之外，主要在於產銷失衡的問題。我因此去縣城的圖書館借了許多這方面的文獻和期刊，諸如：

《台灣省農業年報》
《台灣糧食統計要覽》
《台灣農產品生產成本調查報告》
《台灣省政府農林廳工作報告》
《台灣主要蔬菜運銷成本分析》
《農業經濟半年刊》
《台灣農業季刊》

《台灣土地金融季刊》
《台灣省物價統計月報》
《中華民國進出口貿易統計月報》
《雜糧與畜產月刊》
《豐年周刊》
《中國農村復興聯合委員會叢刊》
《農業經濟論文專集》

這些，一本一本，疊置或排列，各有厚薄和尺寸，我一概認真閱讀，作筆記，抄錄各種表格和數字，抄錄在好幾本封面印著台灣仁愛教育實驗所以及科目、級別、學號、姓名等字樣的簿子裡。簿子的樣式類似於舊時小學生使用的那種薄薄的作業簿，是我出獄前將近兩年接受思想改造時當局分發給我們上課作筆記的，抄錄各種關於執政者或國策或施政如何偉大英明的胡謅與神話。我把這些用剩的帶出獄外，原是想留作紀念的，這時卻派上用場了，初次用心地看待這些簿子，寫下自己真正整理過的勢將面對的有關嚴苛生存的客觀數據，然後不時反覆翻看，前後參照，試圖找出存在於其中的或許可以讓我掙扎而過的線索。譬如說，一九七五年冬季包心白菜的生產者所得是一百公斤九十二・九八元，而某地的零售價格卻高達三百五十二・八六元，這樣大的差距，我單純地以為，既然農政單位明知而漠視不管、放任無為或束手無策，甚至於以之作為逼迫農村人口流落入工業生產線的手段，那麼，我自己若能仔細琢磨從販運商、批發商、零批商和零售商這四階段各自有其運費、包裝費、調製耗損、工資、利潤和其他營業費所占的運銷成本比例，並且進而對照別種作物別個季節的價格指數和收益，或許吧，應該可以發現怎麼樣隱藏著的端倪。在那些明確而冷硬的統計框格內，在一個個沒有任何修辭虛飾的赤裸裸的數目字當中，我相信必定可以努力讀出它們無情的若干道理，讀出一些求生的空隙。

二十幾天了，我也幾乎每天都在田野裡行走，更曾許多次去過我家的那幾塊地。那些地，各有名字：大區、林仔尾、田尾、氽尾宅、埤溝墘、幫浦寮。都是我從小就熟悉的親愛的名字。家裡的人針對某塊地交代種作事物或談說作物的成長狀況時，一向必然都會使用的稱呼。記憶裡，它們曾經年復一年一再分別生長過稻子、土豆、番薯、番麥、番黍、甘蔗、黃麻、棉花、黃豆、芝麻，甚至麻竹、芭樂等等。這些作物，從生到死，無數次，我或多或少參與過。入獄初期，長時間望著囚房高處的那個小鐵窗，望著那一狹小方格裡每天唯一能見到的被鐵條割裂的天色，曾經也是無數次，我想起這些土地和作物，想起我在烈日下或颳風下雨中播種、除草、收穫、抬扛之類的勞動，想起這個大平原上有氣派的天空和自由的雲。在回憶和想像裡，這一切，彷彿都在閃耀著光輝的色彩，同時散發出令人懷念的夢境裡的氣味，經常使人惆悵，但像是也會生出一種支撐的力量，或是成為祕密的陪伴，陪伴我起初的一長段時而惶惑時而鬱悶的日子。而現在，我終於回來了，實實在在走在格局樣貌其實已非記憶中景象的農路田埂間，或者久久坐在圳溝的土堤上，每一次單獨的行走和靜坐，都有如一番重新的摸索和確認，好像一再地想要再去建立我與這些我曾熟悉的田園生息道理的關係，同時也像是跟自己思緒不時起伏的紛亂磋商。

季節從十二月下旬我出獄以來到這時候一月初，幾乎一直瑟縮著。雲層經常低垂。在寒意籠罩下，我家的那幾塊地，和它們四周圍的所有農田一樣，大致顯露出的是收斂和壓抑的渾沌神色。二期稻作收割後的稻草頭，貼著地面，枯灰成一片，正在逐漸腐爛。一塊休耕地上的雜草，參差萎頹。旁邊早已停水的灌溉圳溝裡，沉積著乾渴的汙泥。兩塊地裡的梔子叢在秋天採收後這時正進入休眠期，許多葉子轉黃甚至掉落了。只有番麥園顯得還有精神，濃綠的波浪狀長葉片和頂端上的雄穗花，在寒風中時而微微招搖。我知道，在時序、風雨和冷熱的變化中，我家的這些地，就如這個平原和它所有的植物生命，也在變化，在感覺和等待。在過去很長的時期裡，它們就是這樣地在疲憊和復甦的一再循環中逐漸養育了我，讓我可以背負著親人的期望，可以有機會脫離它們，脫離農業和農村。我看到童少年不同時候的我在這片土地上在祖父母父母弟妹身旁參與許許多多勞動的不同身影，並且也看見自己早起晚歸揹著書包而書包裡有阿嬤或母親做的寒簡便當趕路通學疾走的樣子……。

然而，如今，我卻仍須回來，回來尋求它們和他們的重新收容，再度寄望仰靠它們和他們過日。

我已跟父母親說了我想留在家裡種田的意思。他們沒有表示是否贊成，而仍然只是以當初接我出獄、看著我的時候的那種眼神看著我。一種經歷某些難言的遭遇卻又無從且不敢追究是非曲直之後才會有的眼神。表情也是那種受到很大的驚嚇之後那種幾乎沒有表情的表情。一些深沉的痛，一些隱忍，一些不得不勉力撐持的暗淡的光。

幾天後，父親用摩托車載我去外縣看地。就在路途中，我才知道，在我入獄後，父母親曾有好幾次打算搬離這個世代定居的家鄉，而且希望搬得越遠越好，最好是一個完全無人認識的地方。他們總覺得，住在村子裡，有點礙拗；他們和村人鄰居之間原來那種自在相處的關係，從我入獄之後就好像罩上了一層扭曲扞格的陰霾。父親說，我被抓被關的事發生後不久，也不知道為什麼，村子裡的人可能就已經傳開了。他知道背地裡有不少人在低聲私語，但是除了極少數的親友之外，大家都不會當面直接向他問起到底是怎麼回事，甚至於好像裝作完全不知情的樣子。他說：「大家，明明知道，但是大家都會驚，都在閃避。」他還說，他其實根本就不願意談起，也無從談起，因為到底在我身上真正發生了什麼事，家裡的人甚至也所知有限或不確定，而且，管區警員早在我入獄之初就已鄭重地告知他和母親，不可以隨便跟別人談論這回事，但他總覺得，周圍的整個氣氛是不正常的。即使是這麼多年了，似乎一直如此，好像那是一件極為羞恥而可怕的事，是一種邪靈的詛咒。這幾年裡，他因此經常會利用農暇在外地做青果收購販運的生意時，儘量留意打聽是否有什麼適宜的農地要出售。但因茲事體大，牽涉到必須先賣掉原有的地才有資金買地和蓋房子等等現實的限制，以及會被村人認為是在「跑路」之類的顧慮，以及其他的種種煩惱遲疑，舉家搬遷的事始終沒成。

「你若不得已一定要住在家裡，也甘願認命要種田，那就一定要搬家。」父親說：「那就較積極來進行。」

然後就是過年了。我一個人去阿公阿嬤的墓地坐了很久。他們是在我出事期間去世的。我從很小的時候直到高中畢業，睡覺都和他們一起。如今他們卻都長眠地底了。久遠記憶裡的一些影像，他們的聲音形貌舉止，在我頭腦中漫無次序地反覆出現、停留或者跳躍。遠處村子裡，不時傳來爆竹的聲響。眾人歡樂迎新的聲響。他們已在過去的五年裡先後結束他們的一生了。我在我後面公墓的那些構樹叢之類的雜林中，白頭翁不時斷斷續續地鳴叫。我和他們一直都是很親的。麻雀成群地幾次起伏飛向生長著兩排木麻黃的大路那邊去。但是他們去世的時候，我這個長孫卻沒在場。南邊遠處一大片淺墨綠色可能是刺竹林的後方，糖廠的兩支煙囪高高地伸向灰白濛濛的空中。我猜想，他們對人生的想法大概就像看待和對待土地或農作物一樣的吧，素樸，簡單；耕耘，施肥，灌溉，認真照起工地給予照顧，然後地上的綠色生命就會好好地成長，開花，結果，然後收成，死去，然後又是在四季永遠輪迴中的另一輪生命。正值甘蔗收穫期了，但是在這個年節的日子，煙囪也在休息，不冒煙了。他們勤儉實在，正當做人，努力養育子女，盼望他們男有分女有歸，一代接一代，有一些風光虛榮，最好也能像他們愛看的某些歌仔戲裡扮演的那樣最後結局福祿壽喜，或者至少一生無虧無欠，等時間到了，就會有許多子孫和至親好友來送行，有神佛來接引他們過橋到另外的一個世界，一個不再有操心操勞和病痛的世界。真的，我那麼愛他們，然而，阿嬤過世那天我正在接受偵訊，阿公，我更無法送他最後一程。帶著涼意的日頭要落山了，我又一次看到阿公還蹲在園頭抽菸，我坐在旁邊，兩腳伸入小圳溝裡，不時輕微踢動那涼涼的流水，流水咕嚕咕嚕的聲音在逐漸暗下來的天地裡；我也看到阿嬤牽著我的手走在兩旁蔗園綿延的沙土路上，我們要搭竹筏過溪去看大戲……。

然後，新的一年又是一天接著一天過去。我看父親經常騎著摩托車出遠門，曉得他確實在積極尋求買賣田地的事，但因為他和母親都不願意聲張這件事，甚至於在還未有較清楚的眉目時儘量不讓村人知道，我也判斷，搬家的事確實是頗有難度的。白天我不是仍然繼續研讀那些農業的書刊就是照樣去田野間走動。晚上經常在前埕裡繞圈子散步到深夜，有時則在屋子裡呆坐。我高中時候父母為我訂做的一座裝了玻璃門的小書櫥，靠在牆邊。裡面全部是入獄前讀過的書。大都是文學方面的書。一個多月了，我每天看見它們，但一直無心拉開那書櫥的門。那些書，越過將近五年的空白，如今在我眼前，靜默地排列著，好像熟悉，卻又顯得十分疏離，甚至礙眼，與我的生存毫不相干。只像是難以追踪的一場破碎幻想裡的若干殘留物，讓人在回神之後覺得滿懷的酸苦味。

管區警員已經來過幾次了。他說，不只是我，也包括我的父母和所有的弟妹，在戶籍資料裡每一個人都被貼上紅紙條作為列管標記，表示必須加強按時查察、密切掌握言行的意思。他是我一個弟弟的朋友，所以態度還算和善。他每次來，母親說話的語氣都顯得客氣小心，並且討好地送一些土豆、麻油之類的東西。

後來有一天，母親表情慎重地跟我說，土地買賣和搬厝的事，不是一時間就能處理的。你就暫時先去找找看有什麼頭路沒。較忍耐咧，先莫一直在厝內，莫給人在腳撐後講閒仔話。在外面，吃好吃歹無人知。栽培你讀大學，庄仔裡有史以來第三個，莫給人認為遇到這種事以後就變成沒路用人。莫給人看衰。更加重要的，一生不能因為這樣就讓這個垃圾政府打敗。大致就是這樣的話。她說這些話時，我再一次看見了她在這幾年來終於對一些事情絕望之後似乎已漸沉澱而其實只是封閉在她心底裡的某些東西：恐懼，屈辱，悲傷，憤恨，強韌……。

2

要找工作，我能求助的管道，極為有限。有時我會一欄一欄地將報紙的徵人廣告頁從頭讀到尾，但並非希望從中找出什麼適合或有興趣的就業機會，而只是出於好奇，想要知道現時的社會存在著怎麼樣的職業種類。確實是各式各樣都有，超乎想像。卻沒有任何一個是我能要的。其中傳達的各種營生訊息，都與我無關，不能當真。我相信那些獄中難友所說有關謀生的事；我不要那種難堪。因此所謂的求才廣告讀到最後，心往往就會迅速升起一陣陣灰茫的霧。我僅能寄希望於少數的一些我自認為確曾有過交情而且推斷他們應該不至於太過怕事的朋友和親戚。

我開始儘量每隔三五天就出門一趟，坐車南來北往。好像從休眠多年的停滯狀態中忽然被劇烈搖扯著醒來，轉而必須不斷地移動。我慌慌外望，小心試探著重新認識並加入這個我隔絕已久的社會的微小可能性。打公共電話時，起初有好幾次，我總是弄混了拿起話筒、投幣和撥號這樣的順序；這樣的順序，是我一再佯裝無事地從旁仔細觀察他人的動作之後，才謹記在心的。如何在樓下按公寓的電鈴，也常讓我猶豫很久。坐市區公車時，我總是要一再確認已牢記了站牌上寫的目的站之前至少四五個站名才敢上車，並且在上車之後緊張地頻頻探看外面經常快閃而過的站牌名字。有一次朋友約我下午在一家咖啡廳見面，我提前幾分鐘到達。後來才曉得，這其實是很普通尋常的咖啡廳。店面是開放的，前面的作業櫃台後方卻望似幽深。燈光昏黃似幻。也隱約看得出坐在裡面的一些不明確的人影。輕柔的音樂夾雜著人的說話聲，時而從裡面飄浮出來。我在入獄前也曾幾次到過咖啡廳，但是這時這樣的聲光情調和場景，卻讓我覺得詭異和困惑，很不真實。甚至帶著些危疑的氣氛。我感到莫名的微微恐慌。我在店外徘徊，全身越來越要漸漸顫抖起來似的。我轉而去對街等候。後來我才看到朋友從店內走出，對著我大力招手。

的確只是在試探著。跟這些少數的朋友或怎麼樣的親戚見面時，我一概不先提找工作的事；我不願意給他們帶來任何壓力；等他們若是問起我未來有何打算時，我才故作輕鬆地表示還請幫忙的意思。往往只是一些漫無重點且時斷時續的閒聊。這些我以為的親朋好友，雖然態度一般還算熱絡親切，對我入獄的事看起來也頗為好奇，但往往是欲問又止，顯然仍是自我設限地不太敢去碰觸較為深入的東西，好像我的歲月裡有一個突然陷落的望不見底的黑色大空洞，大家都很自然地避免靠近，或者像是怕我會再掉入往日的傷痛裡。見面的時間因此總比預計的短。幾乎每次我都有急於離開現場的想法，而每次道別後，我都會在街上走很久，偶爾在某個有座椅的街角或公園稍微坐下來休息，獨自聽著周圍或遠或近或大或小的這個世界運行的聲音。然後，我再回到車站。

在這些旅程中，車站，尤其是大城市的火車站，是我比較覺得自在的地方。許多人進進出出，行色匆忙，彼此擦身而過。我在候車室那些或許有點骯髒的並排椅子當中找個空位坐下來，好像有一種終於可以從雜林野地裡的焦慮尋索和倉皇穿越中脫身而出因此也終於可以有一個避難和喘息處的感覺。除了一些相偕同行的人之外，周圍的這些同樣僅作短暫等候和停留的過客絕少有人在交談，大都只是分別地時而隨便張望或低頭想著各自的心事。一種混合了漠然、無聊和些許愁緒的氣味。一種安全的氣味。不帶絲毫情感的廣播聲音不時響起，在人們的頭頂上方，說著一些對某些人有用對某些人無用的信息。

我經常就在這樣的車站裡坐很久的時間。在人群中，在身旁的座位不管如何變換依然只是好像同樣孤獨或寂寞的陌生人當中，我很快就不再感到特別的孤獨或者寂寞了。心情逐漸放鬆，甚至於會突然察覺到心思有時竟然走遠了，去了往日一些隱晦的角落，在一些細瑣的物事之間無端地遊蕩，偶爾快意，忽而怔忡。抬頭久久凝望著牆上的大鐘時，可以看到它永遠以那副漠然凜然兼具的冷淡模樣俯視著來往的人群，也似乎可以明確聽見分針一格接續著一格從容跳動的巨大聲響。時間正在緩慢而堅定地流逝。我繼續坐在候車室裡。

直到或許一位警察突然站到了面前，問我是在等人嗎或是在等什麼班車，為什麼我一個人在這裡坐那麼久。

他要我把身分證件拿出來。

是啊那個年代，經常有人在積極地尋找可疑的人事物然後暗中監看而警察絕對可以對人們任意盤查而人們絕對不可以拒絕也不敢拒絕的年代。

其實我並不一定要坐哪一班車。也不必然要往哪裡去，或者說，不知道要往哪裡去；去另一個城市或回家，都可以。因為沒什麼急迫的事，也為了省錢，我經常坐慢車。沿途每一站都停靠。每一個站牌上的名字都進入我的眼裡，然後又過去了；一個個似乎都沒有含義的名字。車廂內有時較空，有時稍顯擁擠，尤其是碰到下班時段。但這些也都與我無關。我有時默默地隨便看著車窗外的景物；那些田野、各式各樣的建築、人家後院晾曬的衣服、人車道路，以及種種的光影、天空和雲，一概地逐漸接近了然後又隨即遠去。其實並不認真地這樣看著這些不斷來到眼前又不斷消逝的風景時，久了之後，所有的風景好像就逐漸變成只是一些駁雜的色塊忽忽變換交錯或混合著在眼前不斷流動而過，不曾在心裡留下什麼印象或情感。純粹的完全的移動和消逝而已。毫無意義，也無法阻止。這時，我往往就會閉起眼睛，有一種希望車子永遠不要到站的想法，隔好一陣子之後，才又慢慢聽見了車子正在行走的那單調反覆的節奏，重新感覺到自己的存在。車廂裡仍有人在講話的聲音。有時冬日溫暖的陽光在窗外，無聲地落在人、物和所有的大地上。

前後總共大約兩個月找工作的結果，只有在一位開書店的朋友利用寒假所舉辦的書展中幫忙了兩個星期，作一些搬抬、盤點和看頭看尾的事，其間曾有好幾個晚上在展場的大禮堂裡打地鋪過夜。後來書展就結束了。還有一次，同村子裡的一位曾因重大竊盜案而被管訓和監禁並曾有一段時候被移送到軍法看守所因而與我有過一小段相處的時日且早我出獄的人，可以說是我的父執輩了，過年後回鄉，特地來探望我，談起他在遠地城裡的夜市擺攤賣成衣的行業，很好意地慫恿我說，若有興趣，不妨先跟著他學習。他說，是有些辛苦，但利潤不錯，若將來我認為可以獨立了，他也會幫我找適合的攤位。幾天後，我去找他。

他先是帶我去一處生產兼批發成衣的商圈。我們各揹著很大的一個帆布袋，穿梭在兩旁主要都是販售女裝的店家的許多巷弄間。我緊跟著他走，看他從這一家到另一家，仔細卻又快速地挑選著衣服，然後殺價，然後當布袋已經裝得差不多時，坐火車回他的住處。他跟我說，挑衣服很重要，需要抓住潛在顧客的心理和喜好，更也要能判斷和把握流行趨勢，但往往也得要冒一些風險，因為都是現金交易，賣不出去也不能退貨。他還說，這種學問，需要目色、敏感度和一點賭性，要經過一段時間才學得來，不是三兩天的事。我一再點頭稱是。近傍晚時，他開一輛老舊的小發財車載著他的同居女友和我去擺攤子。路兩邊一攤挨著一攤幾乎都是賣衣服或飾品的。他說顧客主要是附近許多加工廠的女工，但因為年才過完不久，生意勢必有一陣子不會很好。每當有人走近攤位前面時，我就學著他招呼叫賣。可是那聲音我聽起好像根本就不是自己的聲音，好像從卡得很緊的喉嚨硬擠出來之後就變細變皺接著破裂在口腔裡，喑啞虛弱，隨即就在那些來往走動的人們身邊散掉了，化入燈光外陰冷黑暗的空氣裡。我感覺全身不時在縮小。

這個工作，我只做了兩晚。而那三個晚上睡在他租住的二樓頂加蓋的那間鐵皮屋小客廳的沙發上，電燈已關，我卻長時睜著眼睛看著幾近全暗的屋頂。我蓋著朋友特意為我買的新棉被，卻仍覺得全身好像整個被寒冷的空氣吞沒了。後來我跟他說自己好像不太能適應這種行業，並且表示歉意和感謝。他以一種理解的眼神和我講了一些話，大意是說，我一個讀書人當然沒辦法短期間就能轉變態度，但慢慢也會習慣的。「社會的事情，要能看得開，」他說。他要我暫時先回家休歇一陣子，若有需要再說。他還硬塞了一個不小的紅包給我。

其實我並沒有排斥這樣的工作。那麼大範圍的一個專門批發服飾的市場，毗連著的小店面一間又一間，大抵便宜的各種款式的衣物，競相爭逐新奇或者模仿與變異，色彩活蹦亂跳，這一切，都令我大開眼界，而我跟隨著朋友從這個集散中心割貨，然後回去整理然後叫賣，這所有的過程，似乎也讓我見識到了一個由商品砌築而成的社會裡一群庶民自成一格的、自足循環的一個生存運作體系。一群一群的市集生意人的敏捷與算計。一種埋頭苦幹謀生的生猛氣息。一個聲色紛陳、欲望竄動、有形有貌的真實的生活小世界。對於被隔離並且也因而掉落在社會之外許多年的我而言，這其實可以是重新與這個社會的脈動取得直接且快速聯結的一個奇妙途徑，而且朋友也說了，「吃飯絕對沒問題」。只是，只是這一類討價還價的買賣行為，我從來無經驗，一時似乎還無法面對，而更關鍵的是，心底裡好像仍一直記掛在意著另外很不同的什麼東西，介於理想與屈從之間的東西，似曾有過且不想失去的東西，還不願意很快就放棄而已。

或者說我好像仍在尋找著自己也難以明確知道的什麼東西。甚至我曾好幾次懷疑或許吧我的心神狀態也許已碎裂並散落在很久以前的哪個時空裡，包括也許有一部分甚至於還留棄在曾經禁囿過我多年的那些密閉空間和高牆內，還沒有能力撿拾回來。

彷彿那虛假的清靜和秩序也是可以懷念的……。

最後我還是回到家裡，照樣常去田野裡走動，也仍然是見慣了的景物與冬日的寒氣。但是一種有如蝸牛或寄居蟹之類的生物動不動就縮回硬殼裡的想法，有時會讓我有些憂傷，並且想到日子好像越來越茫漫無邊際。我去村中小店買東西或在路上與人相遇，也照樣好像親切地互打招呼，但也僅止於此而已，他們也仍然若無其事，都不會問起我被關的事。一種戒備性的相安無事。我開始逐漸強烈地覺得，自己和這個從我出生就一直住了將近二十年的村莊，這個故鄉，以及和我原本覺得親近熟悉的村人，之間，是格格不入的。或許就如父母親說的吧，他們正在我的背後壓低著聲音竊竊私語。所以後來我就較少走出家門了，常只在屋內長坐，夜裡則照樣在埕院裡繞圈子散步。我總是分明聽見風在晚上吹過樹枝或屋角牆沿然後停息下來的聲音、某些蟲類在某些地方叫個不停的聲音、不時突然的一陣狗吠，或是哪家小孩的哭叫。一個我曾經被迫退出的世界。而如今我回來了，這個世界，我已不太能理解。

我打開那個小書櫥，開始拿出一些書來隨便翻閱。一些記憶如殘渣，在遙遠的一帶廣漠水面上漂浮。好像真的有些似曾相識的東西隱藏在我似曾喜歡過的那些文字裡。好像那裡面都曾有一個或困惑或感動或熱切地想像著什麼的我。我想到很久以前書裡的文字，和生養我的這個農村一起，曾經給我的自由與叛逆。窗外冬天的夜晚，黑黑暗暗。我聽到書頁裡無數輕輕的喟嘆。

3

這一段我四顧茫茫找工作的期間，大學時代讀書會的一位朋友約我入夜後在他任教的大學附近河邊的一處碼頭見面。見面時，我沒想到他還帶了六七個人一起來。他介紹說他們都是好朋友，其中有創作歌手、雜誌編輯、攝影工作者和學生。他和我那一陣子見過的人很不一樣，一開始就直接問我入獄緣由、受審過程、獄中生活之類的事，並且打聽當時仍在坐監的幾個誰誰誰的情況，語氣興奮好奇，也仍是我記憶裡那副熱心純真和率性快意的樣子。我支吾其詞，簡略回應，心中則越來越覺慌張不安。後來，還稍好的是，話題逐漸轉移了。我和他們一起或坐或靠在碼頭幾堆已乾的魚網上，一邊喝酒配滷菜，一邊似仍有些焦慮且心不在焉地聽他們熱烈談論著對一些既存體制質疑的事，以及對一些現實情勢的各自看法。在正在漲潮的河水慢慢地一陣接著一陣輕輕湧濺著堤岸的聲音中，我聽到了唱自己的歌、第三世界、勞動階級、孫中山、覺醒等等相關的話。這當中，他們也唱了一些歌，但是除了〈補破網〉之類的舊日民謠之外，我大都是初次聽到，聽起來也還頗為動人。

夜深後，我跟朋友回到他家。他房間裡的景象更是讓我怵目驚心。從封面書名就可一眼看出屬於所謂左派的一些英文書和一些我只曾耳聞的禁書，包括可能來自匪幫地區的，隨便地散置在床上地上和書桌上。牆上則是許多張海報和轉印的版畫；大都是有關革命人物或勞動身影的圖像。他甚至還從書架上拿出一疊他當年留學海外參與保釣運動時保存下來的文宣刊物，以及，一本小小的紅皮的毛語錄。我深深覺得這個朋友太過囂張招搖，太過忽視統治當局情治單位的布線偵蒐手段以及隨之而來的橫暴凌虐的處置方式了。我跟他說，根據我的所見所聞，光憑眼前所看到的這些東西，他們就可以把你折磨得死去活來，在種種的嚴刑拷問之下讓你招認出種種匪夷所思的荒謬的子虛烏有的犯罪情節，然後判你至少七年以上的徒刑，我在獄中認識不少這樣遭殃的人，而且，不能輕易隨便相信任何人，所以還是務必小心，不能太張揚，造反不是擺姿勢，更無須炫耀，等等。他用疑惑和訝異的眼神看我。他說，我是不是被關怕了，是不是整個人被扭曲了。我們繼續爭論了一些事。

隔天我離開後，回程中，思緒紛紜。是不是真如朋友說的，我被關怕了或人被扭曲了呢？昨天晚上，在潮水不時輕拍著河堤的岸邊，燈光稀微，他，和他那幾位看起來都比我年輕的朋友，似乎根本不理會這是一個不可說不可聽的年代，蔑視任何禁忌，先是熱切地想要聞問威壓政權監禁的祕密，關心一些受害者的遭遇，然後又毫無顧慮地在我面前談論著這個社會，用習得的一套理論熱烈地試圖解釋這個世界，坦率表達自己的意識與態度，以過去曾經參與了怎樣的衝撞挑戰的活動為榮，並且想像著進一步可以如何如何，情緒高昂。

的確是有些放浪輕狂，他們，並且似乎有些浪漫化了反叛和苦難。但是同時，卻也是在他們身上，我好像看到了許多年前自己那個慨慨然憤懣且胡思亂想著什麼因而被認定為偏激歧異的身影，那個踽踽獨行的單薄身影，想起青春的純潔和亟欲介入的熱情。他們，毋寧是令我羨慕的：可以有一群朋友一起走，一起想像、思索和描述一些願景，相互鼓舞，而且好像也都願意承擔不馴服的風險。對他們而言，許多情事，包括邪惡的力量與正義的問題，不再只准悄悄地耳語，而是必須可以議論並且應該公開議論的，話語如河水自然拍岸，或者像是在沉悶的暗夜裡自由吹動的風。

然而，我卻好像反而成為一個反動者。一整個晚上，我一直在戒慎著，恐懼著，既壓抑著自己，也提防著他們，然後在朋友家裡，更直接指責他的莽撞冒進。好像有一個陰森森的幽魂一直嚴實地坐鎮盤據在我虛無的心底裡，或者就在我的身邊不斷地繞行遊走，目光冷峻，時而厲聲喝叱，強制命令，一再地叫我沉默噤聲，不得揭露加害者的絲毫祕密，不得說出自己的真實記憶，說出我親身體證過的橫暴與腐敗的真相。我一再想起出獄時，在幾個人的虎視眈眈下所簽署的那一份保證絕不洩漏案情等一切坐監經過否則願受法律嚴厲制裁云云的切結書，想起我的遭遇所曾給家人帶來的折磨，想起我遇見的許許多多受到種種凌虐與侮辱甚至槍殺的人，想起這位朋友和這些年輕人竟然這麼不知死活，不知他們的所有這些言談與行徑，在統治者的界定裡，都已顯然觸犯了那個所謂的叛亂條例，隨時都有可能被任何將隨處可見的「檢舉匪諜人人有責」的標語信以為真的人密告的，想起知匪不報的罪名……。

啊，恐懼的力量，禁錮的力量。

而原來啊，原來我仍是繼續被隔絕被監禁起來的，甚至於在黑暗的記憶籠罩之下，在驚嚇和威脅之下，我自己也把自己隔絕、戒嚴、封閉起來了，怯懦地迴避、畏縮、顫抖著，為求自保，變得像是極其苟且地默默接受了統治者嚴厲遂行社會控制的權力，並且像是還在協助掩飾獨裁的罪行。精神破爛、瓦解。

而這些，不正就是恐怖統治所要造就的全面威嚇的效果嗎：驚懼，猜疑，疏離，猥瑣，人的整個扭曲……？

啊，那些痛苦的記憶，那些摧殘人的噩夢啊，那麼漫長，那麼沉重，那麼無邊漆黑。

但是我這位朋友不會了解，目前，我仍然必須在這當中，載浮載沉地，不知如何是好地，為自己設法找出一條可能的小小出路。

4

我後來做翻譯的工作，緣起於一位朋友的建議。我們相遇，是在我又一次獨自長坐於火車站內的時候，極為意外又湊巧。他比我年輕數歲，曾與我在我坐牢前的一次暑期活動裡相處過幾天，彼此並不能說有多熟悉。他來這個城裡辦事之後這時正準備要搭車回去，看見我坐著，頗為訝異地就走了過來相認，並且主動說起多年前自己也曾因受牽連而被偵訊的事。我當然知道那個案子；其中的兩位所謂主謀之一，一位年紀與我相近的優秀的語言學家，曾和我關在同一個監獄一年多，其中還有一段時期曾一起每天坐在外役區的縫衣工廠內車成衣。就在人來人往的候車室一個角落裡，我們談了許多不可告人的事。他說他已當完兵，目前還在讀大學，偶爾靠著翻譯一些雜七雜八的文章賺取部分生活費。他認為，我既然是讀英文系的，若一時還無工作，不妨暫且試試看。

其實我在獄中也嘗試過翻譯的事，也自認為略有心得，只是竟然沒想過可以藉此謀生，而且最重要的是，這種工作，從譯稿投稿到最後拿到稿費，都是一個人獨力進行和完成的，像是隱形人，不必與人面對面，與人發生關係，不必暴露身分，當然也就不至於有將來會牽累到其他什麼人的掛慮。

回家後，我跟父母提起離家北上的決定。他們並不太清楚這種工作到底是怎麼回事，所以也沒表示什麼意見。只有母親再三叮嚀，在外面講話做事必須小心謹慎，千萬不可沾參政治，更不能和黨外什麼社會人士有任何瓜葛。她並以自己從報紙上得知的消息舉例警告說，就在我出獄前的半年內，有哪些人又被抓走判刑十二年、十五年或無期，甚至有人已經是第三度被關進去了。「國民黨還是那麼橫逆，那麼壓霸，」她說，「人家已經將你點油作記號了，更加不可能讓你大漢。」我似乎又看到了她自己強力封閉在心底裡的那些恐懼悲傷屈辱怨恨之類的東西。

管區警員當然也已來過，除了照樣探聽我未來的打算之外，也好意告訴我，雖然要去外地，戶籍最好仍留設在家裡，不要隨著遷移更動，若有必要，到時再於當地報個流動戶口就可以了。他的意思是，在鄉下，對我們這種人的查察監控畢竟不至於像在城市裡那樣嚴密，而且他認識我的家人，除非真的又出事了，平常查訪時當然也會儘量不做一些對我不利的記錄。

三月底，距離出獄也差不多三個月後，終於還是無法如原來設想的那樣能夠留在鄉間種田，隱藏在一個小區域內，在沉默的村野和作物中，單純地活著，甚且或許也可以一邊等候著一個怎麼樣的平靜的到來。我仍然必須費較多的心思去應付自己的重返大社會。

5

這一次試著重新踏入這個大社會，第一個住處位於城市偏遠郊區的小山邊，是用木板和鐵皮搭建而有獨立進出門戶的一間違章建築，是那個建議我翻譯的朋友事先幫我找的，主要著眼在房租便宜。稍微安頓下來後，我就照著他說的作業要領開始工作了。先是以兩天的時間去圖書館翻閱所有的報紙，包括日報、晚報，和一些雜誌，了解朋友所謂的市場需要，然後，大概一星期或兩星期出門一次，走一大段斜坡路，轉三趟公車，到市區一個路橋下的商場去。商場裡分隔出許多空間狹小的店面，賣的全是舊書。但我的心思只專注在其中少數幾家賣過期英文雜誌的。那些雜誌主要可能購自於將在隔年年底撤走的美軍顧問團生活圈，品類多樣，幾乎都被平放堆置在書架最底層前面的地上，一落一落，不一定有分類，尤其是那些新近批購回來的。

我蹲在窄促走道的地上儘快翻找著自認為適合的文章，心裡同時還不斷盤算著哪篇文字譯出之後投給某報某版或許較有刊登的可能。經常這樣地蹲著，雖然不時也需要挪動，但是到最後站起身體，往往就會感到腳痠腿麻。而且不見得就能找到幾篇。

我所挑選的文章，五花十色，大都是我過去不怎麼有興趣的，包括家政、生活新知、婚姻愛情、醫療保健、科學新發現、武器新發展、趣味創意、流行動態、奇風異俗、名人軼聞、旅行探險，等等。但也只是我個人初步的、主觀的挑選而已。中華民國黨國統治當局終於被迫解除報禁解除此一面向的對言論自由的箝制，是十幾年後很未來的事了；只限於三大張的報紙當中，大概只會闢出固定的半個版面，一體擠納諸如此類可有可無的有關這個寰宇世界裡有趣或時尚的繽紛萬象，篇幅有限，文章也都很短，而且也不是天天有，而且我推測有些報社自有專職的編譯人員，很少會採用外稿。而且，朋友也提醒過「短與多」的原則了：每篇稿件要自我限定在一千字左右，絕不能超過兩千，因為那幾乎毫無被採用的機會，但可以一次投遞多篇，讓對方有所選擇。所以舊雜誌買回來，經過較為仔細地進一步閱讀和衡量之後，往往會再篩選掉一些原先以為適合的篇章，或者只從中節選出某幾個段落。

然後就是矻矻終日的翻譯工作了。也是朋友說的，這一類的譯稿，編輯大致不會要求附原文，所以翻譯時只求通順即可，不必太去照顧原來的文字風格，甚至於還可以自行稍作潤飾和增刪。

然後投稿；初期的投稿對象都是報社，尤其是幾家晚報。

然後，經常焦慮不安地盼望著郵差的到來。

由於住處附近沒有圖書館，自己也沒訂報紙，投出去的文章，是否早已有人譯出並刊載過了，我根本無法顧及，而自己的譯稿到底有無被採用，或是何時登出，我也一概不知。只能等待郵差到來。若是他的摩托車只在我屋前小院子外噗噗幾聲，隨即又遠去了，他投入竹籬笆旁邊那個吊掛在低矮柴門上的生鏽小信箱裡的，可能是被退回的稿子，也可能是內裝登出稿件的某個版面的信函。這樣的車聲，帶來的消息，或壞或好，總是讓我在屋子裡聽得緊張。但若是後來很快就已熟悉的這個車聲聽起來顯然停留在門外，接著又聽見他叫喊我的名字和掛號信三個字，我就曉得是稿費寄來了。我在簽收條上蓋章時，心跳很快。

然而，每一筆稿費都少得很可憐；每次拿匯票去郵局兌現時，都有些羞怯。因此，我仍繼續儘量節省度日。每隔三五天，我就會去街上買一大條土司、幾包麵條、幾顆雞蛋和少量的幾樣蔬菜回來。房東是明言規定不准煮東西的，所以我煮麵時，用的是一種可以插電的鋁質小水壺，等水滾了，放麵，然後青菜。由於這種水壺內裝有傳熱的粗金屬環，不易清洗，蛋一律只能整顆水煮。每一天，我幾乎全靠這些東西勉強填餵腹肚。只有很偶爾在外面吃一頓自助餐，譬如說，領到稿費時。

就這樣，幾個月過去了，重返之後的這些日子過得戰戰兢兢的，但更全然只是得過且過，是繞著苦澀和焦慮和恍惚和種種的捉襟見肘拼湊起來的。

後來，因為需要較常去商場找雜誌以及去圖書館查資料或是探知怎麼樣相關的市場訊息，逐漸覺得路途遙遠，耗費不少車資和時間，我決定搬遷到市區的一所大學附近，在相連的幾戶兩層樓販厝其中一戶的樓上，同時試著開始譯一些較長的文章，附上影印的原文，投稿給少數的幾家雜誌。

新寄居處的樓層，用木板沿靠著一邊牆壁區隔出一排四個居住單位。木板沒上漆，高度也未頂至天花板；最上面的一截，應該是為了通風和透光吧，全部以木條交叉成連續的菱形空格。我的房間在最前方，面臨巷子，有窗，約兩坪，室內的擺設只有一架雙層的鐵床、一張書桌、一把椅子、一台小電風扇，和一座跟著我搬遷來的塑膠衣櫥。在入住當初的盛夏時節，上午八九點，當我起床，拉開窗簾，陽光就會近乎垂直地照在面對著窗子的書桌邊緣。我站在室內稍微探頭，可以看見小巷對面兩戶無人居住的日式房屋那些生聚著一層厚蘚苔並且錯落長了若干簇野草的灰舊屋頂，以及屋頂瓦片間那些好像就是時間本身的無聲的光與影。即使是坐在桌前翻譯文章時，有時抬頭看窗外，視線也能越過陽台那幾盆曇花的葉子上方，從一些高樓之間，遠遠望見盆地外圍那些小山巒約略起伏的少數幾個小段落。

所以，雖然過午之後室內常轉燠熱，白天的自然光線總很充足，視野也還好，沒有一下子就被完全擋住。這些，都是令人滿意的。

初談租約時，中年微胖的房東太太問我在哪裡上班，我跟她簡略說了我的工作性質，並且說，因為不太需要出門，我比較在意其他的房客平常是否會很吵。她說不會啦；其他三個人，一個是她念高中的兒子，每天一大早就出門，晚上補習回來也都很晚了，房間只是睡覺的地方；一個是藥廠的業務員，幾近一半時間在外地；住最裡間的女生是南部來的一個親戚，在當會計，很文靜的。

確實如她所說。上學上班的日子，整層樓，白天只有我一個人。小巷子裡也經常寂寂安靜，難得有人車的聲音經過。我總是把一台小收音機開著，也總是一成不變地定在那個英語的音樂頻道。音量也固定為小小的。那些一首又一首各種風格的異國歌曲，包括偶爾串場的外語人聲，我很少專心去聽，而純是一種可親的存在，一種因為語言的隔閡而變得不具威脅性的存在，像是遠方的微風帶來隱約好聞的不同氣味在身邊，當我翻譯的時候，陪伴著我，讓我忘記了現時現地的現實。而到了晚上，開始有人進出了，但可以明顯察覺大家都儘量小心開關門、走路和難得講話的聲音。大家的這種自我克制，也是令我放心的。靜靜地坐在房間裡，聽到這些聲音，我甚至於覺得，獨處一整天之後，知道有人在身旁活動，這沉默了一整天的灰灰陰暗又有點悶人的整個二樓，似乎也不再顯得那麼黯淡和落寞了。甚至於覺得曾經有過的那種種的衝擊，彷彿正在平息下來，而我好像也正逐漸被這個俗常的社會所接受，逐漸在減弱那種漂泊無根的感覺了。也許，這時我就關掉收音機，但仍繼續翻譯，在兩種文字之間來回推敲著恰切對應的意思和語氣，到深夜。

先前我試投給雜誌社的稿件，這時陸續有了回音。關於一趟遊艇之旅、建築空間規劃和某個國際著名美術館某項特別展覽之類的幾篇譯文，這些講究時尚品味、挑動慾望嚮往的文章，很快分別被採用了。兩家雜誌社甚至寄來他們自選的原文，要我儘早翻譯，並且表示希望往後能以這樣的方式按期供稿的意思。其中一家更是很意外地竟然問我可否一期譯兩篇稿子，但刊登時則用不同的譯者名字。這兩者都不是問題。關於筆名，本來我就用了好幾個；原則上，不同的投稿對象，不同的筆名。為求時效，這一家月刊的一位編輯甚至於會利用上下班的時候順路送來原文稿或取得我的翻譯稿。我都約在巷口的大路邊與她見面。她曾幾次說要請我喝個咖啡或者要我找個時間走訪她們的雜誌社。我一概藉故婉拒。她不知道，對雙方，這都不會有好處。我需要保持關係，但我更必須保持距離。

也是在這段時期，我開始稍微較有信心地伸展觸角，找了幾本這時正在流行的科幻小說，從中挑出一些讀來有趣好玩的短篇來翻譯，然後將譯文和原文一起寄給報紙副刊。不久後，這些翻譯文章首度出現在副刊的版面，一家日報甚且還連載了兩天。有一天，我匆匆下樓從房東太太手中接過電話，電話裡，一位晚報的副刊主編說他正在為某個出版社策劃某本史學名著的翻譯事宜，因時間急迫，須由數人合譯，而他之所以找上我，是因為他曾在報社看過我的好幾篇翻譯文字。但他也明說了，若我答應參與，將來出版時，譯者也只會掛一位詩人教授的名字。他問，不掛名其中，我是否介意。

我怎麼會介意呢？

這種隱藏的存在，正是我原先設想和希求的。

而且，我心裡很清楚，這些全是用以餬口的東西罷了。這幾個月來，從我離家之後的這幾個月來，從惶然怯生地四處兜售一些雜碎的小手工藝品讓人家用來補白，為之憂，為之喜，然後，然後意外接獲了似可較為長期代工的小生意，然後膽子稍大了，想要擴張出路，試著和文學沾點邊，轉手的文字因而登上了副刊，然後現在，有人主動邀約為一本經典名著的譯事共襄盛舉，這一切，這一路常是心神不安地走來，真的只有生計的盤算而已，與什麼名或意義的事毫無關係。

由於方便，我確實較常外出了，去大學旁邊的好幾家自助餐店吃飯，或者在拿到稿費時，改變一下口味，吃牛肉麵，並且買幾個水果。然而，生活也大致還是窘困的。在確定不會有人知道我在用電煮食時，我仍然會用那個小水壺煮麵、蛋和青菜，撈起來後再加一些鹽。也有時早午餐共吃一套燒餅油條。

外食的時候，身旁幾乎都是大學生。我跟著他們一起排隊順序選取菜餚，或是坐在他們身邊，有時會聽見新買的褲襪怎麼樣又勾破了系裡誰跟誰如何某個影片非看不可下一場球賽非贏不可之類的種種話題。其間是偶爾的忽然起鬨喧嚷或爭辯著什麼事。快樂、頑皮或者認真。我用完餐，從那大致鮮活嘰喳跳躍的聲音中退出來，也許就在對面的小公園裡坐一陣子，坐在樹下的鐵椅子上，看這些年輕的身軀在我眼前流暢走動，其中有的手裡還夾拿著書，會是什麼文學史或現代英美詩選或小說嗎，我想，但是在人語車聲穿梭和游動的空氣裡，在或明或暗的天光下，有時會恍惚覺得這一些人和物，如幻影，如此接近，卻又像都在很不同的別的什麼地方。我用手摸摩著座椅的細鐵條，清楚地感覺著它的粗糙和生硬。

我回住處繼續翻譯，或者走一段稍遠的路，穿過一些街道和巷弄，然後越過堤防，去河邊散步，看河水和對岸遠方橫展開來的建築物，在這個視野遼闊許多的草地上，遙想一些過去和未來可能的事。

好像目前的一切，都還令人滿意。但其實是，根本無所謂滿意或不滿意。有些事已經一去不復返了，雖然，有些，永難忘記。

每天每天，我照樣長時獨自坐在小房間裡，一直只繼續顧慮著自己小小的生計，偶爾抬頭看窗外的光線和景物，偶爾恍神。就像一隻黃小鷺隱身在池邊草叢間，單獨悄靜地探頭和舉步，謹慎覓食。

6

然而也差不多就是從這個時候開始，我注意到有人在寫文章討論文學，討論我曾經那麼嚮往而此時已很久不再碰觸甚或想起的文學，而且，這樣的討論，看似已有一段時日，此時已進入殺氣騰騰的階段了。密集的一連串文章，包括報刊社論、專欄、方塊短評，陣勢赫赫，在為一些被挑戰的意識形態強行辯護之外，更也在厲聲做政治的指控，說什麼邪說煽惑和陰謀野心等等。字裡行間，一種逐漸擴散開來的熟悉的血腥味。我緊張地回頭去翻閱一些過期的報刊雜誌，然後匆促瀏覽，想要知道這一切到底是怎麼回事。

我也因此才曉得，許多人，包括我曾經喜歡或不喜歡的作家，甚至包括極少數幾位我認識的朋友和師長，他們或對峙或並肩，所討論的，原來並不是我多年前在學校裡所經常聽聞與約略認知的那些什麼純文學形式技藝解析批評的東西，而是一些立場與路線的問題，是關於文學應該寫什麼、為誰而寫、為何而寫之類事涉創作意義、意識與立場的反省，以及更根本的，對現時此地政治經濟發展和社會現象的檢討，對威權體制長期以來箝制言論、壟斷知識並規導創作的批判與挑戰。以及，反挑戰。主張與反主張。暗夜裡，從文學考察中好像正在串聯出了一大片文化的戰場。思想意識在蓬勃動員，陣地儼然成形。砲火交織延燒。若干歷史的真實傷口綻裂開來，暴露了許多汙穢腐敗的人與事，但也彰顯了一些改造的希望，一些反抗的精神。我因而不時有著些微的亢奮激動。

但是有時候，在那些雄辯滔滔的論述當中看到論述雙方竟然同樣地不時援引三民主義、民生主義育樂兩篇補述、中國之命運、蔣院長之類的話語作為論證或背書，我卻總是忽然就洩了氣，腦中一陣子暈眩。談文學，竟然仍須訴諸這些政治權威，訴諸思想檢查，雖也知道其中有一些或許是為了搬出靠山而言不由衷，但對於仍然還須落得如此，我仍覺得十分地荒誕、悲哀和令人寒顫。那些段落，我一概跳過。甚至於整篇文章，我就會只隨便瞄個幾眼而已。我在接受改造教育的大約兩年期間，這些文字看多了；我深知那些夸夸其談的虛妄言詞裡面，豈可能有什麼關於文學的真理。

然後有人似乎已忍無可忍，認為這樣的公開討論無法無天，決心要清理戰場，重新嚴加管控了。永遠執政的黨召開了一次文藝會談，將近三百名政治正確的作家出席了（啊作家怎麼那麼多）。名義上的一位總統也做出了指示，要文學創作者「堅持反共文學立場」。一片肅殺的氣息。理想只能轉為悶悶地持續燃燒。

然後，就在我出獄即將滿一年的時候，另一股在街頭流竄浮動的怨氣，終於爆開來了。積鬱已久的人民，終於，怒不可遏，放火燒了一個警察局。

7

得知憤怒的人民燒毀警察局的隔天，我去城市邊緣的一處舊社區看一位朋友。他曾被判無期徒刑，實際坐牢十五年，先我幾個月出獄後，也是幾經周折，才終於在另一位獄中友人的安排下，受雇照管一家老旅社。旅社在菜市場的小巷子裡。像往常一樣，我是午後去的。也仍然只有旅社樓下的一間販售各種乾貨、罐頭和蛋類等所謂南北貨的雜貨店還開著門，繼續聊且等候或有的生意，其他的，包括巷子另一側的整個市場，都收工了。在大片鋪張的鐵皮棚架下，所有的攤位，和那些四處橫豎交錯的支架一樣，暗影幽微，在潮濕且寒冷的空氣中，一起顯露出經過了一上午人們忙碌吵雜的謀生之後極為疲憊癱弛的樣子。各種生鮮和死物混合的氣息，似乎也仍潛伏在那些全然歸於靜止了的暗影裡。亮出「旅社」兩個紅字的白光小燈箱，設在樓梯出入口的上方。

我走上二樓。我的朋友坐在小櫃檯後面看見我時，稍微仰起頭，帶著我所熟悉的那種涼涼淺淡的笑容對我打量了好幾秒鐘。我就知道你會來，我也知道你為什麼看起來那麼興奮，他說。不待我回話，他慢慢起身，說，來，喝個茶吧。我繞過櫃檯，跟著他進入後方一扇門後的他的房間裡。

這個房間，也是我熟悉的。約為三坪的方正空間裡，一張雙人床，床的一側沿牆接連挨著的是衣櫥矮櫃和冰箱，矮櫃上放置了小電視熱水瓶幾個杯盤食器以及一台徠卡相機；另一側是對開的毛玻璃窗，窗邊掛一個電子鐘，窗下是我每次來的時候我們慣常坐下來隨便聊天的兩張小沙發椅。大致就是這些簡單且概為老舊的物件了。雖不是怎麼樣的棲身之處，但對於這個朋友，或者說，對我們這種人而言，總算也是一個棲身之處了。過去幾個月裡，我去商場尋找翻譯資料時，經常會順便來這裡。與其說是我來探望他，不如說是我在這個城市裡偶爾也需要一個可以真正放心的友伴。由於過去同樣經歷的恐怖，以及這時同樣繼續被隔離監控的窒息處境，我們的相處，類似於一種堅固的祕密結盟。我們在被貶抑的陰影角落，在我們的過往只有我們自己知道的寂寞裡，相通聲息。

我們見面，不必然就會講什麼話，因為有些話，我們都知道，不需要多講了。經常是我們就分坐在小方几兩邊的沙發上，默默喝茶，甚至於雙腳就伸直擱在床上，純粹放鬆。即使偶爾有客人來休息，他在簡單的招呼接待對話之後，很快就又回來，繼續安靜相伴。不時會有些風從我們頭部後面的窗戶吹入，帶來街道上各種車子駛過的聲音，也帶來市場的氣味，怎麼樣的煙塵升起又沉落的氣味。

但是這一次，他卻用一種憂慮甚至憂傷的眼光對著我慢慢地說了許多不一定連貫的話。他說，你別憨了，別激動，更千萬別小看這個政權。他說，希望是會傷人的；你忘記我們在裡面的日子了嗎？抱著絕望，才能活下去；我們只能等待，但不是希望，這兩者是很不同的。而且他說，民主運動若有什麼發展，別以為我們有什麼貢獻，有什麼光榮。「受苦受難不是什麼光榮的事，」他說，「我們只是被這個政權拿來當作威脅恐嚇人的事例。」然後他忽然就沉默了好一陣子。我感覺到室內的空氣和我全身變得忽冷忽熱。我原來看著對面矮櫃上那台相機的視線，也越來越模糊。

我是在接受思想改造的感化期間認識他的。那時，他漫長的刑期已近尾聲，先我幾個月從別的監獄移送過來。那是一個規模設施編制都像個包吃包住的學校，有班級有教室有教官有輔導員有大操場有上下課的鈴聲，在每天內容空洞反覆但名稱有別的政治課程之外，甚至還有每兩週各一堂的體育課和音樂課。他外表乾淨秀氣，很斯文的樣子，不是聒噪闊論的那種人。關於他涉及的案子，我早就知道了，關於他的遭遇，則是見面後才陸陸續續聽別人說的。他那個案子總共牽涉一二十人，全部被刑求得很慘，後來其中的兩個他的好友被槍斃。被捕後，他原來開的照相館當然就關了。出獄後，他孑然一身。我眼前矮櫃上這台小小的微泛著暗銀色澤的徠卡相機，是他判刑定讞後不久，特別交代親人為他保存下來的，像是用來見證自己曾經有過的年輕時光的一些浪漫夢想，或是見證他如何地被摧毀成一無所有且流離飄蕩。我常覺得，他後來變得蜷縮起來了的破碎的一生，似乎已完全封存在他所珍視的那相機冷硬的金屬體裡。他從不讓任何人再去碰觸這台相機。包括我。我有時也會想，我對他的了解，其實只是從他不願再去回憶或者說辛苦要去遺忘卻不意綻露的一些縫隙間所能隱約看見的部分而已。然而，即使只是一部分，卻是何其巨大而暗黑的一部分啊。

我不時察覺到冷風一絲一絲地滲透入室內的聲音。

他繼續說話。他說，他們雖然終於放我們走出監獄的大門，但這個門並沒有通往自由，他們雖然饒了我們的命，但我們殘餘下來的半條命還能怎麼起色和作為呢？你難道不知道嗎，他說，恐怖的勢力仍在外面大搖大擺，耀武揚威，你難道不知道嗎，那個臭頭仔翹去了，滿身罪孽，卻仍有那麼多的人民那麼衷心感戴他的偉大英明，所以還要紀念他，在市中心的精華區劃出了那麼誇張的二十幾甲的地，就在現在這時就要動工了，蓋什麼紀念堂，那個東西在往後的至少幾十年裡，將會屹立不搖，繼續誇耀有關他的神蹟，陰魂不散，繼續愚蠢化將來不知道幾代人。「我看不到這黑暗的盡頭，」他說，像是在下結論。

我從來不曾聽過他講這麼多這一類的話，也不曾看過他這麼嚴肅，雖然他說這些話時依然聲音低低的。

告別後我下樓走出巷子，站在人車繁忙的黃昏街口，決定開始設法接近一些反對派人物，看看可否從中找到一位值得追隨的理想的革命領袖，然後把餘生交給他。

第三章／

作夥

1

通常都是這樣的。每當眼看著即將黃昏，若無特別的緣故，我就會按照原來的預定，跟最後拜訪的某個人或某群人告別，結束一天的行程。也總是有人表示要我留下來一起吃晚飯的意思，或者很真心誠意，或者只是順嘴客氣，但我也幾乎總是婉拒了。路途遙遠，趁天黑之前，我得要回去了，我說。互道再見後，我開車穿行過一些大致並不熱鬧的市集街巷或是幾段村中小路，然後終於接上省道時，整個人一時間好像就變得有些疲乏，有一種既空蕩蕩又濁重的感覺，但也像是被什麼無形的東西輕輕推動著從一個聲影紛雜的劇場裡緩緩走出，逐漸意識到只有我一個人面對著自己。我按下錄音帶，讓音樂的旋律迴翔在車廂內——有一段時日，我記得，偏好選擇的是，由薩替這位奇特的法國作曲家兩組名字奇特的曲子所改編的爵士三重奏：

金諾佩底和格諾新內；那鋼琴、貝斯和偶爾鼓的聲音，出沒遊蕩在我身邊，音符和節奏一再地重複跳動衍生和變化，的確頗有些奇特氣質，卻又極為乾淨、簡單、自由，像或有的落日餘暉和樹影，似虛若實，時不時在車窗上的閃爍跳耀和消失。

要從縣境的南邊回到北邊我居住的小城市，全程大約百公里，開車約需一個半鐘頭。一路都是在兩排山脈之間的縱谷裡，時近時遠那些山，或者有些時陣就進入了山腳，數度蜿蜒，經過一段或兩段丘陵的坡地。我總是慢慢開。路兩旁的行道樹，有時是欅木，有時刺桐，或者在某個路段又變換成了台灣欖仁或其他的什麼種屬，一概如有某種次序地掠過了，還有那些農地，那些栽培了什麼作物或棄耕的農地，以及錯落的農舍村莊，然後再一次穿行過另一個小鎮大抵作為主幹道的較為繁榮的街段，接著又是另一段不同的郊野。暮色顯然在一直增濃，世界正無聲而快速地在又一個白日之後再度把自己遮掩起來，景深越來越為縮小，從灰濛漸趨模糊以至於終於完全暗了。這時車燈當然已經開亮，視線只能集中在燈光所能照射的範圍內。經常會有一些蚊子小蟲之類的生物撞死在擋風玻璃上。身邊持續跌宕的音樂聲裡，疲乏的心神有時似乎在漸漸沉澱了，但往往也仍有一些念頭像是隨著車子的驅行搖晃在不時生滅。

上午出發，走的約略同樣是這百公里的路。但那時候，一天剛開始，若是天氣晴朗，太陽大致已上升到我左方那些曲折相連的低矮山嶺頂上，初入春綠意漸多的田野和所有的山坡，正在從或許猶存的灰灰淺藍的霧氣裡醒來，而那些交錯或超越而過的人車，好像也都興致充滿地在趕赴著要去做什麼事，有著什麼樣的一天的任務；和他們一樣，那時我的心頭像是相當篤定的。我確知，有些人，有些事，在遠地等候我。當然也可以說，主要無非就是增緣攀交情的事。或者說，就是聯絡感情、維持並拓展人脈關係之類所謂經營基層的事。幾乎全是無中生有的事。然而就這樣子，一天裡，我東奔西跑，四處見人和說話：在許多擺設大抵實用的小客廳裡，在茄冬樹下，在狼狗蹲踞在側的魚池邊，在糞味隱約的豬舍，在西瓜藤蓊蓊伸長的卵石磊磊的河床，在檳榔商那篩選帶正在摳摟摳摟走動著的作業場，在麵包店後面香氣瀰漫的製作區，在客人時而前來惠顧的豬肉攤旁，在兼看地理風水的神壇前，在必須分享私釀的水果酒蛇酒虎頭蜂酒的柚子園，在密林子裡的養蜂箱之間，在農藥行屋簷下的泡茶桌邊，在鞋帽店隘窄過道的小板凳上，在銀行分部經理的樓上辦公室，在賭場，在教堂外，在卡拉OK小店……。我停留的時間長短不一定，有時可以坐下來喝個三兩杯茶或看得出來只為我一個人特別事先買來的什麼冷飲，有時只是大家站著簡單寒暄幾句，有時一群人相繼前來會聚於是到後來七嘴八舌隨便談開了我反而好像被晾在一旁。這樣的一天裡，的確說了也聽了很多各種各樣的話。但大都不是什麼急切或大不了的議題，更不常提到政治、公平、正義、理想之類的字眼。每一次告別時，他們看起來都是高興的，並且說，要較常來噢，最後還必定加上一句：要較打拚咧。

將近兩年了，經常就是這樣子的。

要較打拚咧。或許就是因為這樣的話吧，因為他們這麼說時注視著我的眼神，或是他們誠懇握著我的手時傳達的力道和熱度，或是記憶裡他們曾經在哪個選舉或街頭的場合參與的樣子，讓我覺得這樣的平常時候大約一兩星期一次的南北奔波是應該的。要較打拚咧。這句話，這近兩年來，許多人對我說過，而且，我也對許多人說過，像是一種叮嚀或是互相的勉勵加油，甚至於像是彼此的承諾。

然而，也每每就在這樣的一天過去之後，在一天這種特殊形式的打拚之後，當我獨自開車，走在這幾乎和上午來時完全相同的回程路途，天色在加速變暗，尤其當這個清明時節前後常有的雨來了，眼睛注視得辛苦，潮氣很可能就會不期然在心中積聚。一天裡那許多其實常在重複表達的話語，那些聲音，他們的聲音，我的聲音，包括他們的臉孔舉止和講話的模樣，經常就會一再閃現在我的腦子裡。若干思緒也隨著雨刷有規律的左右來回擺動而常被攪揚起來，攪起一些寂寞、惆悵和困惑的鬱悶味。於是有時候我可能又聽到了心底裡那長期以來總會時不時出現的喃喃嘀咕。我問著自己：這樣經常重複著的來來回回，這一切，是否真的有意義？這樣的一個日子，是怎麼回事？而且，還要不要這樣繼續下去？

要，或者不要呢？

2

許多年前，出獄將滿一年的那個冬天，當我走出朋友受雇的小旅社，站在黃昏人車繁忙的街頭，雖然曾經因壓抑甚久的哀傷或憤慨而決心要去尋找一個讓我認為完美的政治人物，然後將此生完全交給他，但畢竟這樣的想法極為不切實際，對人性和時空環境的認知，膚淺幼稚，因此後來有好幾年間，我或明或暗較為積極地刻意親近並從旁觀察和評斷的若干人物，當然都不可能讓我滿意，追隨他人去革命的意氣之夢，終究是可笑的私密的夢，甚至於逐漸覺得，當初的這種想法，未免帶著推卸責任的意味，自己不敢自主承擔。也逐漸地，這種想法消失了。我繼續在大都會外圍混日子。好幾年過去，卻仍然常在各方面左支右絀，方向昏昧而猶疑。後來終於決定舉家搬遷，回來這個曾意外讓我走入人生歧路的山海之間的小城，雖然絕無隱居的意思，但至少是出於一種乾脆遠離的心情，希望或許吧可以為自己覓得怎麼樣的一種平靜，讓心神不要經常在外遑遑奔馳，老是掛念著那些街頭裡不時此起彼落洶湧著的一波波運動，那些對極權統治勢力的抗爭，那些燃燒著理想的呼籲、怒吼和衝撞，備受折磨，實際上卻又不曾有過什麼積極的作為，所以希望或許就此較為專心地寫作吧，以自認為較能自我把握的文字當作介入這個社會和時代的方式，就此離開風雨的中心，如自己喜歡和習慣的那樣，安安靜靜獨自一個人，在一個距離外，觀察，思想，留下若干記述，這樣或許也能有一點點什麼意思的吧，或者即使也很可能將只是從此隱晦過一生，喑啞暗淡，這也無妨，像野地溯風裡一株叫不出名字的什麼小樹小草的存在。

租住的房子在一段既小又短的巷子裡。你怎麼想要租這裡？初次見面時，房東太太這麼問，意思是她並沒有要出租這個房子，更未貼出招租廣告，我怎麼會找上門的。我向她提起兩個朋友的名字，說他們幾年前先後在這裡寄居的時陣，我曾遠從外地來探望過，那時就對這個居住環境印象深刻，很喜歡這房子，云云。「那你也是藝術家嘍？」她問，嘴邊帶著好奇的笑意。我這兩位年輕的朋友，的確都曾在這裡熱切地嘗試作畫，後來卻不約而同地也先後投入黨外運動去了，在街頭的抗爭現場冒險拍攝紀錄片，且不時參與選戰文宣的策劃和製作。她後來解釋說，這房子已一兩年沒再招租，現時室內儲放了幾件樹頭雕刻品，木地板有些地方也不是很穩固，我若急切要租，就得將就。

房子是日據時代留下來的木造屋，確實頗為老舊了。也確實如房東太太所說，人走在稍為架高的臥室木地板某幾個小區域，會有些顛晃。但大致也還堪用。我曾以一篇短文記述住在這裡的一種日子：

半夜裡下了一場雨。他被雨聲叫醒一段時間之後又睡了。隔早卻是一個大好天。躺在床上，他看到陽光和樹葉的影子，在半闔著窗簾的木格子玻璃上恣縱嬉戲。光影甚至深入室內，在褪色泛黃的衣櫥紙門上不停地晃呀晃，含著雨後草木流入的香氣。他試著要分辨那些影子屬於龍眼樹、楊桃樹或巴吉魯，但是根本搞不清。他只能確定此時的楊桃樹上正有幾隻烏頭翁在唱歌，後來又飛往屋後的桑樹去。

他想起昨夜雨聲從這間老木屋的舊瓦片間傳入之後在黑暗的室內嗡嗡震盪的迴響，以及屋簷水急緩有致地在巴吉魯大落葉上的敲打。尤其是後來雨勢轉小後，簷滴聲聲分明，似遠又近。他記得，曾在雨中想到從大城市搬到這個海邊小鎮的一個多月前過往的一些日子，想到生命的消逝、嗔癡、幸福、隱與入之類的事。似乎也都沒什麼結論。後來就再睡著了。

又是另一個日子。

他聽到妻子送女兒上學，順手扣上柴門的聲音，然後是隔壁賣菜的奧吉桑推著板車走出七里香圍籬的聲音；他在巷子盡頭向左轉之後，車輪的軋軋聲就漸漸小了，以至於完全消失。然後送報紙的女孩從反方向過來；每到一戶人家的門口，她的機車就噗噗噗地停下來一陣子，全巷子裡的狗吠則全程互相呼應。他知道，這時大約是七點半了。

他想了一會兒今天要做的事，然後起床。小院子的地上濕濕涼涼的。

落葉處處。附長在龍眼樹灰黑深皺紋枝幹上的一些伏石蕨，朝氣煥發，細葉上的小水珠閃爍著光。一個人頭正沿著樹葉下方的圍牆上緣慢慢移動而過。他好幾次彎身，撿起門徑上的幾片巴吉魯的葉子，抬頭時，總是看到交錯的屋頂後方遠處，綿延護衛著的高大的山，好像，一直在對著他默默凝視。

高大綿延的山，在屋後的遠方。屋前對過的，則是以修剪整齊的扶桑為四周範圍的一大片人家的園地，其中交雜長了一些大樹，樟、橄欖、苦楝，當然也有巴吉魯，綠樹掩映下是兩間白牆灰瓦的平房。一早起來，我推開木片有些破損鬆脫的前門，趨近隨意打量清寂安靜裡滿眼綠意的風景，同時也隨意伸展幾下身軀。鳥聲常在樹葉間。這時我幾乎就是站在小路中央的，輕易即可望穿巷子兩端的盡頭。有時候我會提著一個鋁壺往右走到巷口接著再左轉，去一家豆腐廠買豆漿（甚或還有豆渣附贈），在那裡停留幾分鐘，愉快地看師傅如何用一枝細長堅韌的竹片俐落流暢地從一池一池煙霧散漫的白漿中撈起一張又一張浮凝的豆皮。更常的是，我出柴門，左轉二三十公尺之後，走階梯，上去堤防頂的步道散步一陣子。終年不竭的溪水平時都在河床的中央一帶，流速和緩，流過下游不遠處交通頻繁的一座橋，轉一個大彎，接著再蜿蜒穿過相距也都不遠的另兩座橋，最後才加速直奔入海。早上我通常不會散步到海邊，而以第一個橋頭為折返點，來回幾趟，經常不思不想，但也偶爾斷斷續續地在心底裡自言自語。溪畔草澤間，一些鷺科的鳥在覓食，時而佇立著四下張望。對岸是稀疏的數棟房屋，屋後是美崙山，山的上方當然就是寬大的天空了。有時候我會在橋頭前走下堤防，繼續往前走，在街上轉幾個彎，去菜市場買菜，然後再循原路回來。日子似乎單調，幾無變動，但也單純。當我走完路，回來屋子裡，從廚房取一杯水，走過咿啊吱嘎輕響的地板，坐在桌前，面對木格子的大玻璃窗和窗外那些無聲靜立的樹木，有時會覺得，自己剛從一次漫長的旅行回來，回到一個以前曾經逗留過並也留下了恍如夢中一些飄忽零散記憶的小鎮。或有的各種聲音，包括車聲、廣告車的反覆叫喚、什麼鐵器的相互撞擊，等等，這時聽起來，也都像在別的什麼似實又虛的遠方某處。時間在這個老木屋裡，在窗外的樹木枝葉和落在地上的光影當中，好像自有它不同的呼吸韻律和氣息。

3

晚上若沒下雨，我常會穿行過市區外緣的幾小段街道，去花崗山散步。緊靠著鬧區的這個低矮丘崙頂所闢出的大運動場上，即使月明星繁，這種時候也幾乎完全幽幽晦暗。外圍三兩個小區域裡栽種的台灣欖仁，烏影幢幢。

西側邊坡下的學校建築物，輪廓朦朧，襯映著背後市街一帶還略有些輝煌的燈火。少數像我一樣在這個時段在這裡活動的人，相錯而過時，也只見得模糊的身形，彼此難以辨認。這很好；我喜歡也早已習慣了這種近乎隱身的存在。我因此有如可以在一個祕密而安全的角落任意舒放形骸和思緒，自在地舉手投足和悠遊，或者儘量讓腦子裡一片空白。我沿著場上的跑道繞圈子，由慢跑而疾走再轉為從容繼續漫步，間或停下來，面對著海的方向，聽海浪的聲音越過沙灘、防波堤和燈光稀微的北濱街一帶舊聚落的住家小店及福德宮。聲音似被夜晚壓抑著，但也因穿行過黑暗而顯得好像更具有重量，一陣接著一陣，但好像又是輕盈的，一再反覆，一種永遠動盪不已的神祕旋律，在空氣裡上升，然後來到我的身邊跌宕遊走，然後降落在這個平坦的山岡上。那海水，我知道，真確的就在我視線的三四百公尺外，縱使這時我看不見，但它在岸邊洶湧拍擊的聲勢，和整個海面相連到天邊在不同氣候甚至一天不同時分裡顏色和形貌的變化，我是熟悉的。十幾年前就熟悉了。包括西邊市區燈火外這時也隱沒在全然黑暗裡的那一脈高大橫亙著的山。彷彿我不曾離開。

彷彿不曾離開。

然而我確實是曾經離開的。很多年前，我曾經來過，然後，離開。然後，前不久才又回來。

記得是早先的時候在外島服預官役，經常風沙撲面的寒冬已經過去，營區旁岩塊磊磊的邊坡下，海水在日漸轉趨強烈的陽光下閃爍耀眼，不停地輕輕湧動，一再沖刷著沿岸那狹窄的一帶散置了許多鏽黃石塊的白色沙灘。有時我坐在高處看海或是下去沙灘散步，一邊想著軍中的一些事，也想著這一年軍旅生活結束後未來的去處。這一年，越到後來越讓人失望。我越來越曉得了軍隊裡的諸多大規模的謊言和瞞騙，曉得那讓人原來相信的壯盛威儀和聲勢其實有極大部分是常年一直多麼地努力作假和虛構並張揚出來的，而這一切，當然絕對禁止懷疑和談論。等到總算可以即將退伍了，我填寫了一份就業意願調查表之類的文件，不久就收到我志願前來的這個被界定為偏遠縣份的幾所學校寄來的邀請任教的信函，並且都附有介紹學校的文字，其中一封概略提到，學校位於市區，在一座僅稍凸起的小山丘旁邊，從山上即可望見太平洋。更早的是，當兵前全班的大學同學畢業旅行，汽車顛簸著穿過一個又一個漆黑的山洞，眼前也一再地豁然大亮，海水湛藍，在危聳的斷崖下閃耀著燦爛的光，我們一路連連驚呼，一邊讚嘆，包括對那不可思議的峽谷、峭壁；向晚時分，車子慢慢駛過一些暗淡悄靜的聚落。於是我就被吸引著來了，帶著一些浪漫的想像、念頭，以及對於從書本中獲知的有關史懷哲行跡的景仰，和想像。

然而真的大部分只是想像而已。這時我獨自在夜黑的這個小山岡運動、散步，一些記憶如煙雲，難以確認和說明。那時候，二十出頭歲而已，我曾有在追尋著什麼，或者說，知道自己在追尋著什麼嗎？曾經一起念了四年西洋文學系的那些同學們，大都進入貿易行學做生意，少數幾個出國深造去了，而那些和我一樣選擇教書的，也都盡可能爭取留在家鄉附近或大城市裡，只有我以這個遙遠而陌生的所謂落後地區為第一志願。「你去那個番仔所在要做什麼？」我離家之際，我深愛的阿嬤再次這麼問，面容眼神所流露的，是不捨、困惑不解，和憂愁，甚至失望。就像生存在那個時代的絕大部分鄉下人一樣，她終生難得遠離家門，最遠也許僅止於十餘公里外的娘家而已。當她從種作的平野田地裡抬起頭來，向東極目搜尋，要設想天邊那些雲霧經常卡罩的大山後面的世界是什麼樣子，必然是萬般困難的吧。那不是只有番人在生活和跑路的人才會去的所在嗎？那麼，我為什麼要去那裡？我要去做什麼呢？

我要做什麼呢？當我帶著簡單的行李，買了那個年代才有的聯運票，坐火車之後再接駁汽車，總共八個小時，一路上，我的確是有一些想法和自我期許的。然而，實際的情況是，每天我幾乎只忙於教書。就在我現在散步的這個可以清楚聽到海的聲音的小山丘西側的國民中學裡。教三班英語，並且擔任其中一班的導師，因此循例被善意地安排也教這一班的體育和公民與道德，讓微薄的薪水之外可以多一些鐘點費。每天都在上課，要那些十三四五歲的少年翻開課本，一起跟著我大聲唸出單字和每一個英文句子，隨著就在黑板上振筆疾書，並且畫線或者打圈，用以分析文法，解釋句型，說明動詞變化、動名詞、分詞、不定詞、子句，等等等，以及反覆頻繁的各種名目的考試，以及批閱試卷，以及反覆強調為什麼這個答案是對的、那個答案是錯的，反覆叮嚀務必記住，下一次不得再犯同樣的錯誤，等等等。公民與道德的課，我是如何上的，這時我已記不清楚了；很可能也曾常挪用這樣的時段來加強英文，或者作一些精神講話，譬如說，訓示他們應該如何決心努力爭取每一週的秩序比賽和整潔比賽的優勝獎旗。體育課則是把學生帶到我這時散步的大操場來，跑步，做體操，打排球或籃球，或者當暑假來臨前，附近的兩座游泳池先後開放了，趁時選擇個三兩次，和他們一起換上短褲，走一小段路，大家去游泳。

大致就是這樣了。課後就回到宿舍裡。假日時，獨自或與同事就近去海邊散步或者坐下來久久看海水湧動，也曾幾次和學生一起騎著腳踏車去較遠的山間或潭邊郊遊，更還有兩次坐車去家在鄉下的學生家吃拜拜。此外就不曾深入人們真實生活的這個社會裡了。這時我在散步，望向燈光散放的街市，竟也好像已想不起它以前是長什麼樣子的。只記得大致範圍和輪廓，至於形容聲色的細節，則難以肯定。好像我只是匆匆走過。不曾留下什麼痕跡。一如早已變成籃球場的那些我曾住了兩年的單身宿舍，以及那些眷屬宿舍。

宿舍是日本式的木造房子，在校園內的一個角落，在高於教室基地的另一層平台上。下課後，甚至於沒課的空檔，我就在那被分隔成大約只有三坪吧的房間裡或坐或臥，或許也仍在批作業改考卷並且繼續出新的考卷。窗外，隔著十餘公尺的長片空地，面對另一排相連一起的日式家屋的後院。從那院子以竹竿、木板和少數的鐵皮等等不同材料在不同的時期裡增補湊合而形成的隔籬以及各自不同的利用方式看來，就可以曉得那排屋子共住著五戶我同事的眷屬。我在屋裡，有時會看到那一位教國文也教地理的老師提著灑水壺在為少數的幾小畦青菜澆水，或者正在收晾曬在竹竿上的一家人的衣服。我在屋裡，透過窗子看著他碩壯的身軀因年紀的關係而更顯得濁重的模樣，就在那些雜七雜八的物料所圍囿起來的小院子裡，在那些無聲無息地褪色老去的木板牆前面，遲緩挪動，時或停下腳步，站定一會兒，微微側著頭，若有所思，或者猶如一隻落寞倦怠的迷鳥，獨自在一小片寂寥的枯草地裡覓食，常帶著些不安的警覺，辨聽著怎樣的來自遠地或近處某個角落的奇怪聲響，偶爾看天，然後就仍然遲緩地蹲下來，一直好像專心地盯著菜畦好一陣子，好像在細究著什麼事，或是沉入怎樣的心思裡去。大海的聲音越過住屋後的這個平坦山崙，來到室內之後已經微弱難辨了。在這樣的時候，我透過木格窗子，逐漸變得近似屏息地看著他，即使是在大白天裡，也經常似乎就聞到了夕暮時分某種蕭索與荒失的氣味，看到了歲月的消逝與人無奈的磨損，也看到了多年後的自己。

任教一學年後，我跟校長表示要辭職。校長說，你是一位好老師，教學認真，有熱誠，學生也喜歡你，為什麼要辭呢？「辭掉之後，你要去哪裡？」他問。第二年結束，我再次提出辭職的事，他大致也用類似的說詞要挽留我。

其實我也不確知要去哪裡。好像只要能儘快離開就可以了。後來我曾想，這一切，這些經常惴惴不安地想望著他方異地的心緒，以為遠走就必然可以高飛，以為遠方有一個理想的生活狀態或情境，在那裡，眼前的種種不滿和失意，種種困頓迷失的自我，將會自動解決或者消失，這一類的幻想，這一切，有一大部分，很可能只是由於自己不願面對現實，不願正視那當下一般生活中必然存在的那些不精采的雜蕪與平庸且每日每日反覆的成分，甚至於無心了解並解決問題，因而只是一味逃避。是否就是這樣子？至少這是一部分最根本的原因嗎？包括我當初那麼意志堅定地決心離家，離開平原家鄉，離開阿嬤憂愁不解的眼光臉孔，斷絕那個農村裡原有的所有關係網絡，來到這一個沒有人認識的地方，自以為要去放懷在另外的天地裡尋覓一個在時空上更具久遠意義的什麼東西，包括自以為而其實認知模糊而稚嫩的社會關懷，這一切，很可能也只是逃避實踐的自我欺騙的藉口？

或者，甚至於想考研究所，自以為的喜歡與嚮往文學，這樣的夢想，也是一種逃避？

當日子變得靜穩卻無聊了，生厭了，甚至於恐慌害怕，於是轉向，繼續藉口尋覓。

很多年後，我已經出獄了，那位校長和我在一場喜宴裡見過一次面。他說起當年我來報到就職的第一個禮拜情治單位的人就來學校囑咐他和人事主管務必經常密切注意我的一切言行的事。他們告訴他，我在軍中曾經嚴重冒犯長官，有思想分歧、行為偏激的傾向。他還說，我兩次要離職時，他之所以極力勸留，就是為了保護我，但他當然不能明講。包括他曾數度要我入「黨」，主要也是由於為我擔憂，看看是不是可以當作平安符。「為你好啊，」他說，「而且，和大家一樣加入我們的黨，在公家機關任職才有升遷機會，才有出路啊。」他認為，我當時就是太年輕了，血氣方剛，常自以為是，一意孤行，不願馴服。

黑夜裡，潮聲反覆，一再起落，像是一種安慰，但也如漠然無動於衷的嘲諷。

4

直到很後來，我才的確入了黨，入了反對黨，先是出任縣黨部的執行長，一年之後並且代表這個黨，參與了一場全縣性的選舉。

當初決定搬回這個小城市，原以為可以從此遠離經常風起雲湧的中心地帶，然後逐漸尋得屬於個人的平靜，但我不曾想到的是，這個城市正因為規模小，各種聲息大抵相聞相通，很容易傳揚開來，人在其中反而是不好隱藏的，而一些公共事務或議題的紛爭，也很快就會波動到自己的身邊，難以無感或閃躲。甚至於因此讓我誤以為，人的行動，在這個相對蔽塞的小地方，相對可見而有效，應該可以造成若干或大或小的漣漪。

於是，越走越岔往一個和自己原本設想的生活完全不同的方向。

選戰初期，有一次我從上午的市區掃街回來，正和幾位陪同發放文宣的工作人員扶著戰車後面的鐵梯順序走下來，遠遠就看見一位記者從競選總部門口走過來，舉起相機對著我們拍了幾個鏡頭，然後，笑嘻嘻地問我說，還好吧，還能適應吧。我們是在多年前一起參與環境保護和文化教育方面的推動工作時認識的，在我終於決定投入選戰前，在一次談話中，他就曾關心過類似的問題，意思是，我比較像個文人，應該是較習慣於獨自關在房間裡讀書寫字或頂多隱身幕後動腦出主意的吧，現在卻要帶頭領軍爭戰於街頭巷尾，心境要如何調適，而且，調適得過來嗎。戰車還在大聲播放著每天反覆跟隨在我身邊的同一首所謂的選戰主題曲。我請司機把音響關了，同時要他趕快進去吃飯、休息。也有人在叫我進去吃飯。一些人進進出出，四周仍然吵雜。我一邊解下斜披在身上的繡有我名字的綠底金字的彩帶，一邊笑著跟這位記者朋友說：「整天披著這個，我還是不能習慣。太招搖了。」但是他說，選舉不就是要儘量招搖、引人注目的嗎？

更早先也有人，包括其他記者和一些朋友，問我，前一陣子不是一直排斥選舉嗎，為什麼還是決定參選了？我早已準備好了的說詞是：這是號稱四百年來第一戰的有史以來第一次省長選舉（我當時還不知道，這也是唯一的一次，因為後來就廢省了），省議員的選舉就在同一天，在這個對我們反對陣營而言毫無勝選機會的艱困選區，無論如何，總得要有人搭配著，撐起一定的局面，或者至少可以讓省長選舉在這個後山地區的選務能夠實際運作；雖然我不是一個積極的政治行動者，但這時恰巧身為地方黨部的主委，在中央黨部因著形勢所需而強力徵召之下，責無旁貸，我願意共襄盛舉，和一群人一起走，一起參與並創造歷史，同時宣揚若干理念，喚起若干意識。這些話，說得頗有一些酸腐味，但其中的氣概和擔當，其實也大致就是我的心情。然而更也有一個屬於我私己卻難以明講或說得清楚的原因是，很多年了，自己的內心深處一直有一個聲音，那個聲音好像因屢被壓抑而消散無形了，甚至被遺忘了，但其實總還在，偶爾會冒出來跟自己爭論，這時它從很遠的隱匿處又回來了，帶著意義、改革、時代、實踐等等強大的字眼，對著我說服。我也約略想到了，當我在出獄多年之後決定重新回到這個自己年少輕狂時所選擇和尋覓著什麼東西或者希望有所作為的地方，從那時候起，在這個時間點，從政，其實並非純屬偶然，反而像是一種必然，一種延遲多年的、繞了許多迂迴而波折的荒徑之後終於接續上的奇特而意外的路途。我因此告訴自己，至少在這個歷史的契機點上，就讓我較專心地試著經由更直接而立即的方式，去尋找解答諸多問題的若干答案吧。

也因此，好像，我覺得自己終於找到了一個全新的出發點，同時，也找到了生命故事裡一段擱置或空白已久的情節。雖然當我這麼想的時候，心中不免也有些悵然，若有所失。

然後，選務的工作，緊鑼密鼓，忙亂展開。然而除了初期幾次有關選戰大方向、總部梗概架構和候選人形象塑造及訴求的會議，我曾較為密集參加討論之外，實際的運作過程中，繁瑣雜多的事務性工作和種種需求及問題，幾乎全由一些朋友在處理和解決。我儘量不去插手干預甚或過問，包括人、事，和金錢。這主要並不是因為我初次參選，欠缺經驗，而是因為我幫忙過幾次他人的選舉，深知這是一個必須在倉促間快速形成和行動的臨時任務性大組合，每一個投入的人都很熱情，都覺得是在付出，意見特別多，眾說紛紜，自以為是，爭執常見，但往往因各種資源有限而只能且戰且走，看事辦事，粗糙潦草和大小疏漏或缺失當然也都難免，不可能周全，甚至無所謂對錯，候選人最好不要強加個人的意志或定見，多所要求。而且我一直認為（並且喜歡這樣的認為），我只是一群相偕一起走的人當中被指派作為候選人的一個人（更何況，我們還必須時時顧及候選人在整個選戰期間只能來我們這個選區三趟的省長選舉的歷史意義、選務和選情）。只是因時勢和任務所需而暫時扮演的一個角色。大家作夥，不是要成就我，而是要追尋和完成一個共同的夢。我寧願相信，大家都在盡力，都想把事情做好。我因此也一直提醒自己，不能隨便使喚任何人；無論如何，只能心存感激。我不認為我如那位記者朋友所說的，是在領軍征戰。（然而很後來我才逐漸體悟到，這種心態和自我的定位，正是作為一個政治人物的致命性缺陷；這樣的人既缺乏企圖心，又不喜歡或重視權力的威嚴，勢必因此難以培養出並掌控一批自己的心腹幹部，吸引並會聚越來越多長期效忠的追隨者。）

競選總部是一位醫生免費提供的，是一座保養得很好的日式木結構大屋，有難得見到的二樓房間，有前庭，有側廊，有圍牆，位處市區第四條熱鬧大街的一個三角窗。「所有的室內外空間，都任你使用；要怎樣裝潢或更改，都可以。」醫生說：「反正明年就要拆了，這是這棟老屋最後的價值。」他還另外捐出對我們而言很難得的一大筆經費，並且組成了醫師後援會（夫人則另外成立並負責一個婦女後援會）。他甚至於無所畏懼地答應掛名擔任榮譽總幹事。

總部布置期間，我大抵只在外頭忙著做一些特定對象的拜會。尤其是，經常由不同的關係人陪同著，開車幾十公里或上百公里，到各個鄉鎮去，想方設法，只為了敦請某人或退而求其次的另外某人能夠「勇敢站出來」（但又絕不能當面明說他不勇敢），出面籌組當地的後援會或成立聯絡處。為了拍攝幾組宣傳定裝照，我的一位已成出色攝影師的舊日學生，也占用了兩個上午。他先是不容分辯地帶我去一家極為時尚的服飾行為我挑了兩件上衣，然後分別在戶內數度又穿又脫的折騰很久，告訴我如何擺出各種姿勢，如何舉止拍攝起來才會顯得既含蓄又爽朗、既隨性又莊嚴、既夢幻又現實。

幾乎每天都有全新的課題和挑戰，而且常須獨自面對並克服內心裡或仍不時浮出的若干抗拒、挫折和憂慮，以及虛榮心作祟的一些有關尊嚴的問題。每天我都在街頭學習，而且儘量適時調整和應變。

學習如何握手。

學習掃街拜票時如何在匆促的照面時間裡簡短有力而動人地交談幾句。

學習站在行進中的戰車上揮手時如何隔著一段距離與選民四目交接並展露何種笑容。

學習如何可以在婚禮和告別式的場合致詞時另有新意而不流於陳腐。

學習如何在媒體記者突然把麥克風伸至面前問一些有的沒有的問題時都有一套漂亮動人的說詞。

學習如何抨擊敵對陣營那個黨可恥可惡的歷史和作為以及對手的種種不是。

學習如何激發出群眾對不公不義的憤怒。

學習如何告訴群眾我們追求的目標是一種高貴而神聖的原則。
學習如何在放言高論時使用的是先知的辭令。
學習如何自在自然地與人拌揉和上台唱歌。
學習如何在人們面前永遠保持信心進取堅定的樣子。
學習如何在奔波的過程中恢復體力。
學習忘記過去某些時候某部分的自己。
學習莫忘初衷。

有一個很深刻的記憶是，舉辦第一次大型的所謂造勢晚會之前，我參考過幕僚人員所提供的書面重點之後，親自字斟句酌地擬定了演講稿，且已反覆誦讀許多次，近乎已可完全熟背了，然而等到一些人，包括黨中央與外地來的著名人物，聲嘶高亢地陸續演講過了，我在激昂的音效聲與鼓掌聲中穿過擁擠的人群，慢慢步上舞台，而且還有一批人高高直舉著印有我的名字與頭像的大旗幟，也隨著我上台了，然後一字排開，列隊在我身後，這時我在講台後方站定，麥克風就在我面前，我準備張口提高聲量講話，我知道這是獨屬於我的時刻，是許多我認識或不認識的人許多時日以來所努力構思和營造出來的只為了聚焦我一個人的一個極其重要的表演舞台，我也知道，這是一個我必須對群眾宣示信念描述未來鼓動熱情激發希望甚至於挑動種種不滿包括憎惡情緒的重要時刻、場合，但是幾千瓦的鹵素燈強烈的光線直接打在我臉上，我如何勉強也仍然看不到台下的任何人，而且如何努力回想也記不起這幾天來認真推敲寫下並已反覆背誦過的那篇講稿了。腦子裡一片空白。眼前的黑夜裡全然虛無。四下也似乎全然悄靜無聲。但我仍然曉得必須保持從容，以及，是的很重要的，保持那種既親切又有威儀的笑容，以及，更要表現出我可以清楚看見我其實完全看不見的台下每一位選民的臉孔的模樣，表現出我是眼睛看著你在講話的，對著你訴說，對著你呼籲。事後，我不曉得自己是怎麼完成那場演講的，也想不起到底講了什麼話。雖然總部人員說，大致還相當感人，但從此以後，我就不再事先書寫並記誦這類的講稿了，而改為只簡要列出若干重點或者另外加上少數幾句務必強調的關鍵性話語。

比較起來，我喜歡小型的座談會。那大概是在某人的家裡或庭院、私人公司的辦公室內，或者廟口。人數不多，但彼此看得見，可以用一般的音量講話，也許還準備了水果茶點或者炒米粉雞酒之類的食物，總之氣氛是較為親切熱絡的。在這樣的場合，我可以較為放鬆心情，不必專注在純粹的戰鬥行為上，而有幾分像是一種交誼，因此有時候我往往也像是變成了一個聆聽者，聽一些過去我完全無知的事，甚至於好像就忘記了候選人的身分，而只是和一些朋友在閒話家常。

然而關於競選活動，我最喜歡的是，走路。（一位朋友因此特別送了我一雙名牌氣墊鞋；我本來奇怪這種皮鞋怎能用來長時走路，後來則只能說萬分感謝了。）總共四十多天，除了少數的聚會和一些特別拜訪的情況之外，我從早到晚幾乎整天都在走路。這是我堅持的活動主軸。我希望可以在緊迫有限的時間內將一份主要的文宣品親自一一地送到選民的手中，同時，若是他

／她願意的話，停下來與他／她交談幾句。除了當然走在大街和密集住宅區之外，我也在午後走入山邊海邊一些被遺忘的小村落，在夜裡走入寂靜的小巷內，然後一一敲門。我送給單獨在田中央耕耘或收穫的母親，也送給建築工地裡釘板模綁鋼筋的男子。即使是下雨天，我也可能仍在某個鄉間隱蔽的村莊裡或一些散居野外的獨立屋之間疾走與問候。即時是寒冬了，我每天仍大量流汗，衣服濕了又乾，乾了又濕。絕大部分從我手裡接過文宣品的人都很客氣，甚至表示佩服感心並且一定會仔細閱讀的意思。他們說，從未見過候選人這樣子。但是也有被全然冷漠以對或羞辱的事。有很多次，遞過去的文宣品隨即被扔在地上。有一次，菜市場雜貨店的一個老闆娘，大聲斥責我不要干擾她做生意，不要選舉到了才來騙選票。

那份文宣是一本小冊子，是兩個也在寫作的朋友共同完成的，簡略述說的是我生命成長中的若干小故事，包括我的出身以及我與這個地方的特殊因緣和關係，其中還放了一些照片，包括我十八歲以前唯有的三張照片。都是畢業照：小學畢業照、初中畢業照、高中畢業照。從出生之後的十八年歲月裡，就只照過這三次相，分別標示著某個階段結束與關卡轉換的三張大頭照。小冊子剛印好時，我從街頭回來，坐在二樓的工作區休息，一邊看著紙頁裡過去的自己，注視著那些稚嫩、純潔而認真的眼神，有一陣子，心思似乎就走進很久遠以前的一些時間裡去了，然後才又分明聽到執行總幹事來到我身邊，對著我講話。樓下的聲音更多更大，混雜不清。我知道有許多人在進出，在分頭負責做事，甚至是自行在找事情做，包括提供訊息、免費按時補給雞鴨魚肉和菜蔬、捐款、拿旗幟或文宣品，以及高談闊論，等等。炸魚濃濃的香味，從屋側用來作為臨時廚房和用餐處的走廊，飄入樓上。我知道，遠在一百公里外的那位養魚的朋友，今天，又送來大家都喜歡吃的大批鯽魚了。

我每天的行程全然任由安排。早上若無果菜批發市場或早覺會之類特別需要早起的行程，九點以前，一位義務當司機兼助理的好朋友就會開著他的車子來把我接到總部，會同一部廣播戰車（或者，戰車另有他用，就免了），和或許頂多兩位隨行幫忙發放各種文宣品的人員（或者，也沒有隨行人員，因為人手不足），然後就出發了。忙碌的一天開始。這位朋友把一張當天的行程表遞給我看幾眼之後，又收回去了。上午到哪個區域遞送那一份主文宣和省長候選人的文宣，下午在何處，與誰會合，拜會誰，或者必須在哪個時段趕至某處參加婚禮壽宴或者公祭，可以停留幾分鐘，是否有安排講話，甚或深夜有無所謂的非公開行程，祕密拜訪有可能鬆動的敵營樁腳，等等，全部簡明扼要地寫在薄薄的這張表格裡。我一整天的行動，也大致被規範在這表格裡。但我並不覺得不自由或孤單。我知道，這張表格裡的規範，是總部的幾個重要幹部每天在我大抵並未參與的情況下綜合思考和判斷的結果。我在這整個作戰隊伍的分工裡，認真且樂於被分派去扮演這樣的一個檯面角色。

5

然後選戰結束，三五天儀式性的謝票活動也早已過去。風雨過後，池塘水面的泡沫渾濁殘渣，或蒸發或沉澱了，日子復歸於平凡而懶散。但我也深知，從此以後，我和這個社會的關係變得複雜了，多了許多未曾預想的人事的瓜葛牽扯，包括責任和義務，包括恩情和仇怨。這當中，有一些是令人厭煩且極想要擺脫的部分，但往往難以為力或身不由己。我偶爾會感到這樣的不自由。

日子繼續。

通常，沒去遠地探訪基層的時候，幾乎每一天，我都會像選前一樣，去縣黨部，有如仍在當執行長，在上班，雖然時間長短不一定。主委依黨章規定，對外代表黨部，在那個年代有很長時期非但是無給職，還必須對外募款。黨部所有的開銷，包括房租、執行長和幹事這唯二專職人員的薪水、平日事務性的經常支出，以及或有的必要活動所需的費用，等等，主要來自於黨費、執評委的所謂責任額（每兩年一屆的額度不一，由執委會自行訂定，每年三千或五千，自掏腰包或向外募取都可以，反正按期繳納就是，否則亦有如何停權之類的規定），以及民意代表爭取黨內提名時的登記費（另外還有正式選舉得票數未達一定標準時才得以沒入的保證金；這兩項名目的金額多寡，由執委會在每次討論提名辦法時決定；這樣的討論，有時不免淪於各股勢力之間的算計之爭——因應不同的爭取提名者而故意大幅提高或降低金額），若有不足（事實上，不足是常態），主委概括負責。我接掌黨部初期，照舊常需煩惱一些如何籌錢的事。我動腦筋的對象，幾乎全非黨員，而是一些所謂社會人士。

然而這並不是我樂意做的事，常覺得難於啟齒。甚至還有，一些悲哀。

正是因為經費拮据，作為全縣黨務運作發展中心和辦公場所的黨部，一直是租的，而且常因一些緣故而必須搬遷；我出任執行長時是一個地方，當主委時又是一個地方，真的是居無定所。但不管如何搬遷，也仍然因租金的考量而只能將就著擇定非鬧區甚或巷弄裡不醒目的小店面或住家，無論外觀或內部的格局和設備，也都只能一切從簡，毫無架勢或美感可言。更嚴重和不堪的是，多年以來，專職人員就只請得起兩個。

僅就這些許基本的條件而言，和我們信誓旦旦要與之對抗的執政黨的一個鄉鎮的所謂民眾服務站比較起來，根本就已遠遠不如了。他們的那些大抵因巧取或硬奪而得能設置的時間悠久的服務據點，總共十來處，全面分布，每一處概以我難以清楚其來源的金錢雇養絕對不止兩個思想忠貞的人員長期聽命在為社會服務，在做組織和馴化的工作，在掌握輿情，在操縱分配權力和利益，是黨國機器絕對伸入深入基層的敏銳而有效的末梢神經，是每一次大大小小的選舉裡駐紮在最前線負責指揮、管控、彙整、調動、補給的作戰中心，同時也因此是各個鄉鎮裡許多人爭相偎依攀靠的中心。地方上的許多有頭有臉的人物，愉快而驕傲地常在那裡出出入入，包括婦女會、農會、水利會，和絕大多數社團裡那些重要或不重要的人士，以及大多數的村里鄰長。

遠遠不如。不論人力物力以及必要時所能發揮的綁樁、動員、監控之類的功能，比起人家僅僅一個區區的鄉鎮據點，我們就相差這麼多了，若還要拿兩個縣級的黨部來並論，將更顯荒謬。

然而這就是現實。嚴苛而悲哀的現實。而這個現實，這個現實所意味著的數十年來黨國不分的霸權體制、它長期隱身四處威力強大的特權操控、它對社會公義肆無忌憚的踐踏、它對人的價值和堂正人格的長期汙染和腐蝕，種種的黑暗，卻正就是我們要去努力設法衝破和改變的。

從作為前身的黨外時代開始，一直以來，我的黨所大致代表的反對力量，就是以這種悲情的抗爭角色逐漸崛起的。

這個黨指出問題，並且呼求改革。

然而，這個黨，卻也因此一直被認為是在製造問題，製造社會的動盪混亂不安。是破壞秩序的，暴力的，危險的，有害的，同時也是低級而沒水準的，不入流的。這些標籤如詛咒，一直緊緊黏貼在這個黨身上。

我擔任縣黨部主委將滿一年的一九九五年此時，黨已成立八年多了，全縣二十幾萬個公民當中，願意入黨的，仍不足三百個。這其中，女性更是只有個位數。許多人，身心還皺縮著，有許多顧忌，唯恐冒犯了那強權。也或許，人們可能認為，冷淡無情，比起熱心激情，是一種遠為高尚的情操。

因此，我們是絕對的少數。

我們跟隨著許多先行者的腳步在危疑不安的荒漠裡辛苦跋涉摸索和戰鬥。

我任主委時的現在這個黨部，位於一排年久的連棟二層樓店面當中，左右分別是一家生意並不怎麼興隆的海產店和一家總是將一些舊冰箱舊冷氣機擁擠地堆放到路邊的電器中古商。樓下十餘坪，是執行長和幹事兩人辦公的所在，辦公桌側靠著牆，一前一後，隔著玻璃面向馬路。旁邊的一套看似笨重粗壯的木質桌椅是待客時大家坐下來泡茶的地方（但會入門來的非黨員，絕少）。樓下後半部是茶水間、廁所和堆放那些在街頭舉辦活動時會用到的塑膠椅、旗桿旗幟、喇叭等簡單的音響器材的儲藏室。我的辦公處在樓上。兩張辦公桌，桌面寬大，是的確有那麼一些扮勢，但樣式有別，材質也不同，一鐵一木，而且一眼就看得出都有些老舊了。我推想這應該是什麼人在以前的什麼時候好意送來的汰用品，好歹似也跟著黨部搬遷過幾回了。我使用其中一張，另外一張屬於評議委員會的召集人。沒隔間的這個二樓，也是每個月一次的執委會和每兩個月一次的評委會召開的地方。長方形的會議桌由五張三尺乘六尺的金屬摺疊桌拼靠在一起所組合而成，桌上經常鋪蓋著尼龍質料的綠色布匹，桌邊圍著的是十幾張也是可以摺疊的鐵椅子。評委會職司監督考核，召集人無須負責黨務的日常運作和推動。一般時候，若我進辦公室，整個二樓就只有我一個人。室內寂靜。面街的窗戶，屋主裝設了固定的防颱板，由於坐落方位的關係而原就無法直射而入的太陽光線，因此更是難以進到裡面來。風也很少。冬天陰寒，夏日悶熱。我開燈坐在桌前，偶爾批示一些難得需要我批示的文件，有時和執行長討論若干公務，並且打幾個電話。

我喜歡一個人待在樓上。沒事的時候，我也許就繼續坐在桌前，讀幾頁自己帶來的書，但有時在閱讀當中，卻也可以聽到窗外街路上時起時落分明的車聲或是執行長和幹事小姐在樓下隱約的談話。會議桌上鋪攤著的綠布，在白皙的燈光外圍，顏色有些暗沉，和四周的那些鐵椅子一起，同樣啞然無聲，甚至是寂寥的。明暗不一定的天光在防颱板外面，被分隔為狹長狀的一片一片。在某種類似於獨自行走過荒村郊野的心情裡，我或許會走到窗前，透過防颱板葉片的間隙久久地望向外面的社會。黨部門前插立在旗座上的兩面黨旗，一左一右，經常靜靜垂合著，但因為角度的關係我勉強也只能見到某些局部。車輛急速來去。行人走過時，或者會稍微轉頭對著黨部看個一眼，或者就只是走過了。一種該然的凡俗氣息就在我眼前一角的街道、對面的房屋和陰晴不一的天空裡。這全部就是我這時所能望見的社會的一個片面了，動靜如常，人們的生活如常。

這樣的時候，我難免又會想到，黨部這個二層樓的建物，有如一群異教徒的聚會所，或像是一個祕密幫派的分遣聯絡處，外人不會也不願意進出，除了原有的黨員以及經由推薦、審查和最後的宣誓儀式而被認定正式入黨的新進少數徒眾之外。被票選出來的那些幹部，則定期從各個地方來這裡集合，聚坐在會議桌邊，策劃，籌謀，討論，爭議。坐在桌首位置的我，耐心聽著他們或平和或激昂地說他們彼此間經常不同的意見或主張，聽到了他們或平和或激昂的言詞，看到他們比畫的手勢，或怎麼樣的表情，然後作出結論或裁示，或者表決，或者也只是不了了之了。總之，我們談的，也如教會和幫派，無非就是如何擴張勢力、如何爭取更多信眾的事。

當初答應接任執行長之前，我曾掙扎很久。這個職務不就是所謂的黨工嗎？為黨工作，做黨的工具。以前聽起來總是立即就會讓我心生厭惡的一個不名譽的詞。是意識形態、立場、集團的打手，形象如狗腿爪牙，愚蠢猥瑣無品。極其讓人不屑的人。更何況，我對這個正式出現不久的黨，其實是有所批評的，有一些保留。我擔心因為出任黨職而被納入它怎麼樣的規範裡，更不願只能盡說它的好話。

然而，我還是答應了。

我也因此確實見識到了這聲稱要去推動政治改革的為數不到三百的黨員裡，是有一些，素質品行的確是可議的，甚至入黨的動機也很可疑。好幾次，我在深更半夜裡從睡眠中被叫醒，匆匆趕赴某個警察單位，因為某個或某幾個黨員因酒後滋事或聚賭或行車事故而正在那裡與警員糾纏不休，喧嚷咆哮，甚或揚言要發動群眾包圍警局。我常須在了解事實並且費盡不少口舌之後，才終於把這些可能因生活裡的挫折而誤以為黨可以帶給他們榮耀或意義甚至於藉著黨來裝腔作勢的黨員帶離。我一直搞不清楚他們真正從事的行業，但他們好像都會有不少所謂的口袋黨員。直到後來我離開黨部很多年了，每到一些特定的時候，仍會聽說他們就會藉此與人勾結綁票牟利的事。

確實有一些人入黨主要是因為黨可以掩蓋掉個人日常的辛酸苦澀或無味。確實有一些人希望可以因為入黨而時來運轉，可以享有權勢名利風光。也確實，黨部也是一個權力爭奪的現場。

我任用的執行長很年輕，活潑有幹勁，對於推展黨務常有若干新鮮的見解和行事方式。他從大學理工方面的研究所畢業之後，一直自願學非所用且近乎狂熱地先後在好幾個地方黨部專門擔任執行長的職務，有聲有色。我是從報紙上得知他這個人的。我向執委會建議爭取聘用他。初次見面時，我問他為什麼會那麼有興致做這種一般年輕人不會沾惹的工作。刺激好玩啊，他先是這麼說，過了一會兒才加上這麼一句：「這大概是意義選擇、信念和良心的問題。」我喜歡他經常笑容滿面，說話時粗框的近視眼鏡後面彷彿閃動著的既調皮促狹又認真的兩枚眼睛。即使沒什麼公務，若知道他不忙，我有時就會找他隨便聊一些話題，包括他在別地黨部的工作經驗和觀察、黨的整個處境和問題，以及我的若干疑惑不解。他說，我們這裡的情況還算是比較單純的，因為黨員少，資源、權力也都有限，能競爭的什麼好處不多。他見識過更多粗暴、胡搞、逞凶鬥狠、敢於踐踏同志和被踐踏的事。但他相信，假以時日，好的多數應該可以逐漸稀釋掉這些難以避免的少數。他笑著說，我們必須堅持繼續前進。

6

總是這樣的。在希望、失望、熱忱、遲疑之間，情緒和信念被牽扯著時而起起落落，然後重新振作起精神，試著，繼續堅持，並且前進。

第四章／

假面

1

中午的黨團會議結束後，我跟我所屬的派系召集人簡單地打了聲招呼說，下午不出席了。他笑笑地跟我揮手說再見。我們沒有明說的是，萬一需要所謂的強力動員，再以手機聯絡。但我們也都知道，這絕無可能。從昨天到明天，議程都是所謂的修憲提案大體討論；提案總共一百多件，內容雜碎，三個政黨早已協商好了，針對每一個案子，各黨指派一個代表作限時五分鐘的說明，各說各的，對著皇皇高廣的會堂內涼冷的空氣比畫虛晃幾招，反正今年就讓它們全部一一成案了吧，等到來年進入二讀會之後再實質地一一加以否決。所以，即使仍有人慷慨激昂，放言闊論，不覺疲累，大家也都清楚，這些畢竟都只是形式上的照表操演而已。而且我知道，因為不至於動用到表決，在場人數即使不足，也不會有人表示異見，會議還是可以照樣開。有沒有我，沒關係。我可以放心離開會場。我於是脫下穿了一個上午的西裝，把它拿在手上，另一手提起公事包（黑色真皮的，頗具派頭和官味，是大會當局在這一次會期一開始就送給每一位代表的；以後三年，年年都會不曾怠慢地再送一個，而且在若干代表的公然建議下，大會當局從善如流，款式越往後越具時尚感），穿過鋪滿紅色地毯的氣宇軒昂的圓形門廳。守在門口兩旁的警察照例對著我問候：「代表好。」（不管任何代表一天裡從這個門口和另外的一個門口進出多少次，輪流配置在這兩個地方的他們，絕對都會如此行禮如儀地問候，上午說代表早，中午過後說代表好，散會時說代表再見，或者再補上一句代表辛苦了，我因此儘量減少進出的次數，以免心中一再感到難過和不好意思。）

我走下台階，走過一對張口無言的石獅子中間，走到正前方那座以四支白色圓柱高高撐起三層青色琉璃屋頂的牌樓下（將近兩個月前我第一次來到這裡開會時，曾經好奇而有點費力地仰首瞻仰過它的建構樣式、彩繪圖案以及分別嵌刻在上方正中央一片大理石前後兩面的那兩個金色且偉大的片語：大道之行、天下為公）。我站定幾分鐘，再一次俯視著眼前頗有氣勢的風景。

確實是一處好地理。

據說我開會的這個所在之所以會建立在一個硫磺坑口上，主要就是為了這絕佳的風水地理。從我現在站立處的身後兩側，兩道小山脈向前微微下斜著延伸而出，正是一些人所穿鑿附會比喻的，各如青龍和白虎。山腳兩條溪溝則是環繫於腰際的玉帶。右前方不遠處形似冠帽的山丘，是官帽，也是巨龍吐出的明珠。而這時在我腳下，在大陸坡下方的另一層也呈微微下斜之勢的較為寬廣的台地，整個的，就被這些各具崇隆權勢意義的地形地勢環衛著，看來當然也自有一番相配的旨趣和格局，想必也都是人們經過戰戰兢兢地細心審度之後所費力布置出來的。這整個區域裡，各種林木，諸如松樹龍柏樟樹楓香等等喬木和一片櫻花林，疏密有致，因地制宜。點綴其間的，還有無數的杜鵑茶樹之類會開花或常綠的灌叢，以及草地，以及掩映在林中的假山水池花園小徑小涼亭（這些，這時在夏日蒼翠的枝葉底下雖然大部分我看不見，但我知道；這些日子來，我曾在其中漫步許多回；我稱它為後花園）。藏身在這些樹林裡的，還有我開會期間選擇寄宿的那棟建築物，以及另外的好幾處彼此樣式迥異的房舍建築（我好幾次從它們旁邊走過，甚至想要入內探看，但至今還是弄不太清楚它們過去的確切歷史和目前的用途）。從幾個硫磺口冒出的白色煙霧，不時從樹林間蒸騰而出，迷濛飄忽，隨即又很快消散於無形。極目遙望，在青龍尾巴與龍珠側腹看似交會而形成的V字形的不再有所阻擋的空間遠方，在天與地低低貼合那裡，是尋常百姓尋常生活的區域。

更具重要意義的是，另外據說，有一條風水學上稱為帝王軸線的所謂中軸線，神祕而且神奇，直直地從我後方這座巍峨建築物的正中央拉了出來，越過我頭頂上方這個牌樓的正中央，經由那個V字形的開口處直直下山而去，然後又直直穿過一處曾經長期作為那位已故總統獨屬之官邸因而當然也是極為神祕而且神奇的所在，接著繼續跨過一座貴氣非凡的大飯店，終而仍然直直地，而且穩穩地，到達山下總統府的正中央。

這條線在遠方所確實串通起來的幾個特殊地點和最終去處，這個中午，可能由於天候的關係吧，我看不見（即使天氣晴朗，因視力有限，我仍然難以清楚辨識），但在我眼下附近大抵一色綠意的風景中，在我右前方，在稍微偏離中軸線的下一層台地的大廣場上，一支高高直立的旗竿頂端那一小面風中旗幟有點模糊的紅，卻是頗為醒目。

確實是一處好地理。

我站在牌樓下心情黯淡地體會著這樣的地理，然後踏著由紅磚砌築成古壽字形狀的總共整整一百級階梯步道，在急斜坡上幾度轉折，終於走出這個被心思縝密且敬謹地命名為萬壽梯的地帶，經過一道圍牆，來到底下的台地，接著走一小段林中小徑，進入我寄居的大樓，上樓，打開房間門，最後，關門。

門關起來的時候，我再次覺得，這扇門和這整個房間的四面牆壁，如一層遮掩體，一時就將我從一整個上午的人際牽扯和怎麼樣的責任或義務甚或自己的種種虛假中隔離出來了。心中有些索然，而且帶著很深的歉意。

2

我住的這一棟二層樓建築，占地廣，呈橫方形的口字格局，中央形成一個只能由正門一方附近出入的大天井。正門入口的穿堂，相當寬敞，兩側是會客室。穿堂和會客室正上方的樓上，則是一間完全貫穿了的大交誼廳。除了這些公共空間之外，其餘大致就是作為寢室的房間了。這些房間，設在也是呈口字形環通的走道兩旁，一間一間相連著，大小幾乎一致，樓上樓下總共或許有近百之數吧。山稜圍抱的這附近整個一大片經常瀰漫著磺氣的區域裡，據說，在稍早的時代，殖民的日本人曾經設立過一所草山林間學校，讓學員體驗和認知自然，練習登山，其中並且有過一座日本總督的第二賓館。後來，在另一段長夜漫漫的矇昧喑啞的年代裡，由於怎麼樣的居心和世局考量吧，這個地方的產權和使用權，曾經幾度任意轉換，但不管如何，總也一直被永遠的執政黨任意用來作為研究如何實踐革命大業或講習國防革新的場所。平民百姓絕對禁止進入，也不可聞問。完完全全地又是一個神祕而且神奇的所在。這些寢室，這棟樓，以及另外的至少三四棟建築物，以及周邊的各種設施，包括花園、坐落在花園深處而如今已荒廢的福利社和網球場等等，總共占地兩萬五千坪，都是提供給這些研究人員使用的。在那一長段充滿高瞻遠矚大展望的時代裡，為了奮發雪恥圖強，為了建黨整軍復國，每隔一段時日，一期又一期地，黨國的中央就會從全國甚或海外的黨政軍及其他各種社會領域裡，精挑細選出可造之材或所謂幹部來此受訓，接受思想的精進磨練，以期養成維護黨國永續統治的高級人才。相對地，那些有幸奉召前來的各界俊彥之士，相聚在這裡，在親近領受領袖人物們的睿智訓示和精神感召之後，在每日聆聽教導的時候，或是在埋頭構思撰寫報告之際，想來必定也總是振奮不已，歡喜常在心頭，並且無任感激的吧，確認自己已被認可為青英，黨國必會特加栽培，必可迅速地在任何處遇裡頭角崢嶸，甚至於進入威權中心，因此權勢榮華等等，當然指日可待。

他們每天出入於這些一格一格如鴿籠的宿舍小房間，聽命按時起居作息，按進度接受訓練，彼此切磋和攻錯，期待有一天，當方向感被灌輸得更為確定，信念也更為凝固不移了，可以展翅高飛，平步青雲。

然而我在開會時寄住於此的這個年代，所謂實踐、革命、反攻、復國云云，已淪為一個又一個破碎而散發出酸臭氣味的虛詞，大家早已心照不宣地一起噤口不提了。我們也終於曉得了，熱血滿腔地宣揚這一類的虛詞，其實只是因為領袖人物們將他們自己的命運、挫折及權力慾望和所謂的偉大使命感綁架攪混在一起罷了。並也因此綁架了千千萬萬人。現在，那個標榜革命和復國救國的黨，因此似乎已不敢再那麼肆無忌憚明目張膽地任意利用這個地方了。也因此，很多年來，我住的這棟樓，以及前此作為革命實踐或國防研究的此地其他房舍，經常處於閒置狀態。大會期間，這是大會當局提供給外地代表的免費住所之一。

選擇住在這裡的代表，其實很少；來自遠地的代表們，可能為了生活需求上的舒適方便、市街的熱鬧氣氛，或是人際交陪的拓展增進，或是其他我不好理解的什麼因由吧，大都寧願選擇住宿市區幾家特約的大飯店或一處過去萬年代表們所要求建造的招待所。他們當中有一些，每天大概都會搭乘大會安排的交通車，在幾個固定的時段，按時上山和下山，類似上下班（簽到上班之後若有蹺班的任何必要，負責交通事宜的單位也會儘量滿足代表們的要求，另行派車，將他們盡可能送到任何想去的地方）。有代表自我調侃說，他們每天穿戴齊整，手提公事包，坐著交通車上下山，有如坐娃娃車上下學的幼稚園生：每個星期五天，每天都在這個山上一座稱為文化堂的議場內過得嘩嘩啦啦的，有功課有遊戲有吃喝，好像有學習到什麼，好像也沒有。

但我寧可住在這裡。為了安靜和獨處，也為了便利和自由。上午或下午，我要去開會的時候（穿戴整齊雖也難免，手提公事包，有時則可不必），只須下樓，走出後門，走過吊著點滴的幾棵大松樹旁，然後踏上那個精心設計和鋪排的萬壽梯，在其中幾段來回轉彎，就可以穿過大道之行的牌樓下，直走進會場。一趟只需十幾分鐘。而當我在會場內，逐漸因周遭似乎永無休止的囂囂擾攘而覺得心浮氣躁，逐漸又在開始積聚起看不起他人和自己的負面情緒，若是議程許可，譬如今天，我也只要輕易地走這十幾分鐘的回頭路，就可以完全逃離了，回到這個完全屬於我的小房間裡。

這個房間，和其他房間一樣，確實很小，面積約僅兩坪，室內的設備包括一架雙層的單人鐵床、兩座並排的木造衣櫥、兩張小書桌、兩把椅子、一支立式電扇，和一個嵌掛在牆邊的洗臉台。這樣的室內配置，以前顯然是要用來容納兩位研究員或治國幹部的。現在我一個人獨用，很好。我喜歡這樣的身邊無人。上個月初大會剛開始的時候，經常住宿在這裡的代表，可能不超過五個。後來登記入住的，雖然看似大有增加，幾乎每個房門上都插放著名條，但實際留宿的極少；他們大都只是為了中午有個近便的休息處而掛名占用。平常很少看到有人在這棟建築物裡走動和說話。彼此即使很難得遇見了，往往也僅是禮貌性地相互沉默點頭，或是頂多兩三個詞彼此問候。好像從會場上經常人聲鼎沸的包圍中退下來之後，大家已懶得交談或無話可說了。整棟樓經常靜悄悄。（在這裡，我較常交談的對象，反而是一位長住在二樓角落一個大房間裡的中年雇員；開會日，他每天早上都會送來當天的議程表和前一天的議事錄，另外還做一些收拾垃圾和舊報紙之類的清潔工作；見面多了之後，他常喜歡跟我說些哪個活佛啊天珠出竅打坐風水的事，有時還慨歎若干人世際遇，我則好奇地隨機打聽一下這個地方怎麼樣的前塵往事，因此得知了一些傳說或趣聞，包括那個下令在此起樓建堂的總統生前來這裡訓話或接待外賓時，若夫人陪伴同來，伉儷倆也偶爾會去那後花園散步，園裡小池塘邊的一雙並排的大石頭號稱夫妻石，就是為了他們或許可以歇腳而特別貼心設計的。）

這個下午，我回來之後，將領帶和外衣褲脫了，站在洗臉台前刷牙和洗臉，同時從牆上的小鏡子中看著我那顯得有些空洞而乏味的臉孔。打開的電扇左右轉動，一再來回吹出呼呼輕響的風。從來不曾拉上窗簾的對開小窗外，樹葉靜止不動。桌上是一些有關修憲的書和論述文章、兩疊厚厚的這個會期以來的逐日會議資料，包括議程表和議事錄，以及一個存放著新聞剪貼的文件夾。我在椅子上坐了幾分鐘，沒什麼想法地望著這些物件，好像在等待一種模模糊糊的受困無助的感覺慢慢流過。然後我在床上躺了下來，拿起枕邊的一本小說，翻開上次中斷的那一頁，讓其中的文字敘述逐漸地帶著我重新暫時離開此地，越走越遠，「帶我進入另一種人生」。

後來我就睡著了。醒來時，已經三點多。我繼續在床上躺了一陣子。窗外的樹林裡間或有一些鳥叫的聲音。電風扇仍在繼續呼氣。沉寂的氣息卻好像一直浮盪在室內和這整個建築物裡，遍布在我四周。我猜測，其他的房間裡，這時候也許應該會有其他幾個代表的，但大家都同樣地不動聲響，想來就像是在夏日雜草叢裡徒勞無功地到處忙亂獵食一段時間後各自廢然放棄於是躲在暗影中歇息假寐的小動物。時間也好像變得沒限制了而且無邊無際。我想著這個下午接下來可以做什麼事。或者繼續讀小說呢，或是去散步，甚至爬山，或是回到議場去看看呢？但也都沒什麼決定。

後來我終於起床，穿起輕便的衣服，走出房間，走在經常顯得陰暗而即使是白天也須在轉角處亮著小日光燈的走道上，經過兩旁一間一間相連排列的寢室，走入大交誼廳（每次我走入這裡，總會覺得，在那個矢志革命的鼎盛時期過去多時之後，少數幾組明顯褪了色的紅絨布沙發、老舊的拼木地板、一台一直沒見人打開過的電視、一套一直保持靜默的卡拉ＯＫ設備，和書報架上很少數幾本過期已久的《莒光》雜誌，一起繼續勉強殘存在這個不再有人熱絡交誼的極為空蕩蕩的大空間裡，像是仍在極其勉強地硬撐著已逝多時的虛華場面，是有些不堪的，零落，沉重。雄心壯志早已在這裡停止了步伐。華麗的大夢，已成過去，散碎無蹤跡。我幾次經過這裡，從來不曾久留。因為那令人難受）。我推開一扇落地長窗，像往常一樣，把一張厚重的沙發椅抱到外面的陽台上，然後坐下來。

那支高高直立的旗竿和竿頂垂萎的旗幟，在我右前方空無一人的大廣場上，這時較近距離地看起來，更顯得醒目而孤單。那近旁的大硫磺池仍然在不斷地冒出縹緲的白煙。白煙消失處，兩個軍人在擦拭汽車，在那座也曾有過顯赫風光歷史但如今已因失修而顯得頹破斑剝的介壽堂陰影下。五色鳥的叫聲在附近的樹林裡。百姓社會的聲音很模糊，隔離在很遠處有憲兵站崗把守的鐵門外。空氣裡總是飄散著硫磺味。時間的確無邊無際。

然而這將近兩個月的日子，這個一九九五年的盛夏，就這樣要過去了。後天，會期即將結束。

3

將近兩個月前，大會首次召開時，我是刻意開車，翻山越嶺來這裡報到的。車上載的衣物中有兩套西裝、三條領帶和五件我親手燙得筆挺的襯衫。這些從來都不是我習慣和喜歡的穿著。但是我以為，出席這個號稱為國家「政權」機關（其實是一個理論矛盾、架構紊亂、功能畸形的體制設計）的會議，大家一起斟酌和論辯所謂根本大法的憲法議題，服裝儀容的講究，或者說遷就，從俗從眾，無論如何，是必要的，是對別人、自己，和這個場所的尊重。另外，我也選了幾本書裝在一個大紙箱內，放在車子裡。這些書除了幾本小說和上下兩冊的現代詩選之外，主要是一些有關憲法的書，包括對於憲法文化和各國憲法比較的論述、許多學者專家對憲政改革的意見或研究報告，以及分門別類放在幾個檔案夾裡的長期以來有關修憲爭議的剪報。此外，還有一本教人如何文明而有秩序有意義地開會的《實用會議規範》。我希望我會是一個稱職的代表。

然而會期的第一天，我就有點被嚇到了，而且在接連下來的幾天裡，心神像是越來越常會落入恍惚的狀態，意識不時渙散。

第一天是先於大會之前召開的所謂預備會議（今年這個夏天總共將近兩個月裡所開的會，全部稱為第一次會議，其中包括二十七次大會和十幾次的行使同意權審查會）。這一天的議程僅有兩項，名目怪怪的：一、推舉明天第一次大會的主席；二、推舉第二次大會的主席。但是一開始，單是為了推舉這個預備會議的主席，就有先後二十幾個代表爭相發言，或利用一般議事規則中所謂的會議詢問、權宜問題、秩序問題等議事技巧正式上台講話，或根本不管這些規範，直接就在台下相互責罵和抗議。或者，一堆人群擠在發言台附近叫嚷著爭奪發言的權利。我一直坐在自己的席位上，帶著新手見習的心情，儘量保持清醒地睜大眼睛遠遠觀看著，努力想要去理解這些人或義正辭嚴或怒氣沖沖的話語或肢體動作中所急於要表達的大道理和意義。聲浪高亢雜亂，不停地湧來盪去。我從中只能勉強捕捉到少數幾個好像關鍵的字眼而已，諸如「神聖的使命感」、「理性、合法、合憲的精神」、「程序正義」、「本席堅決主張」、「本席嚴肅質疑」、「我們要講道理」之類的大話或呼籲。後來，又是一大堆人圍在發言台上，再次吵成一團。將近中午十二點的時候，有代表提出散會動議。表決不通過之後，多位代表大聲疾呼反表決。主席裁定休息。媒體記者忙著到處招呼一些爭執的要角做採訪，強化若干聳動的具有新聞性的衝突點，擴大和渲染爭端的間隙；受訪者在攝影機的鏡頭前侃侃而談，眉飛色舞，或作一臉正色嚴肅狀。中午三百多個代表談笑風生，聚在富麗堂皇的餐廳吃大餐。隨後，各黨團也都各自召開了閉門會議。我們的黨團會議中，總召集人很滿意地嘉勉所有的同志說：「上午表現非常良好，很成功。」熱烈討論之後的共識是，為了凸顯國大組織法未在立法院通過的荒謬性，必須繼續阻擋議程的進行，包括阻擋明天的議長選舉。下午兩點繼續開議，本黨立即照著說好的小戰術提出無限期延會的動議，請主席立即清點人數，進行表決。各黨的許多代表衝上主席台，彼此厲聲指責。臨時主席從此消失了人影。有人自備麥克風發言。更多的人游竄在議事台下，不斷爭論和叫罵。然後，台上一陣拳打腳踢，混亂成一團。人們繼續圍在主席台邊繼續爭論和叫罵。五點半，表定的開會時間到了，有人宣布今天會議結束。

第二天是正式的第一次大會。這一天的集會是以打架開始的，先是主席台上的群聚圍毆，接著是發言席旁的突襲——一個代表突然趨前將另一個正走下發言台的代表推倒在地。然後整個上午，議事停擺。我甚至弄不清楚會議是否曾經開始。代表們有的在會場內四處遊走和攀談，有的坐在會場外長廊的許多椅子上抽菸和聊天（這個長廊稱為憲政走廊，其中一側布置了許多照片和解說文字，光榮得意地宣揚數十年來如何力行憲政的豐偉功績和歷史），有的去了交誼廳喝咖啡吃零食看報紙。記者們照樣忙著尋找並挑逗出更多鮮明對立的辛辣發言；一些焦點人物更是樂於藉機曝光和自我宣揚。警察臨時增加許多，頻頻用手上的對講機在聯繫或報告著什麼事。召募來之後已受過訓練的那些女大學生服務人員，穿著漂亮端莊的制服，繼續靜坐在議場最後面的幾排位子上，臉上沒有什麼表情。中午的黨團會議裡，砲聲隆隆，有對外的重彈攻擊，也有對內的火力四射，甚至有一位女性同志跳上桌子，髒話連連。結論是：以阻止正副議長的選舉為目標；若難以達成目標，則經由政黨協商，堅持成立主席團（亦即要求分享權力和參與操控議題的意思）；若協商破裂，則一方面採取文攻策略，加強議事杯葛，一方面訴諸武鬥的方式，成立四個行動組，其中以女性同志為秩序維護組，排在戰鬥隊伍的最前頭。氣氛緊張，熱血沸騰。好像真的有一場慘烈的戰役即將發生的樣子。整個下午，除了極少數參與協商的代表之外，所有的代表們繼續無所事事地遊走聊天和吃零食。直到五點多，協商終於有了結論。什麼硝煙味也沒有，三黨就各自鳴金收兵了。六點半會議結束。隔天周末，我坐火車回選區，一路上常只是呆呆地望著窗外飛馳的風景，心思雜歧而疲乏。回去之後的兩天裡，我避免出門，因為怕見到認識的人，怕他們問我會議開得怎麼了。

第二次大會在接下來的星期一下午舉行。為了確認上一次的議事錄，十幾個人迫不及待地陸續發言，提出種種異議。將近一個小時過去。於是政黨協商。協商之後，又是二十幾個人上台講話，不吐不快。黃昏六點半，開始投票，選舉議長、副議長，和主席團的三十三位主席（終於躋入權力核心的這三十三位主席，公正地按照各政黨的代表人數比例分配；各黨分得的席次，經過若干角力之後，同樣公正地，再按各派系的實力進行分配；各派系內由誰出線，當然也免不了幾番或激烈或溫和的爭取。那些亟欲爭取出頭而落敗的，則將在日後的會議中——不論黨內會議或大會，不時伺機大義凜然狀，興作出若干風浪）。投票期間，大家輪流相招著上樓愉快吃晚餐。稍後，服務的女大學生們把盒裝的水果點心送至每個代表的席位上。主席也宣布，十一點半，請各位代表到餐廳享用消夜。午夜過後，零時五十五分，選舉結果出爐，會議圓滿結束，大家歡喜。

對於這個民意機構的代表一向備受批評甚至鄙視或憤恨的事實，他們昭彰的惡名和行徑，我當然是大致清楚的，包括任職四十四年不必改選而被譏為老賊的第一屆代表，如何利用每六年一次投票選同一個姓氏的總統並為他們製作長期威權統治之法律依據的時機，一再要脅和需索，從而一再獲利和擴權，而當他們迫於形勢最終不得不下台之前竟然也還能奮力一搏，演出了轟動一時的「山中傳奇」，並且積極介入黨內的鬥爭，多方勒索，釀造出若干激烈的動盪，然後各自拿了五百六十萬元的「退職金」，蹣跚地揚長而去；包括全面改選之後上任的第二屆代表，如何地仍然是權錢兩要，肆無忌憚，在一個黨的主導下，整體的修憲表現被論者幾乎一致地歸結為「荒腔走板」、「既亂且爛」、「極盡荒誕、低俗、暴戾」、「殭屍復活」，是在「摧毀憲法的尊嚴」。這些，我都知道。這幾天我所親眼目睹的，相較而言，其實根本還稱不上惡形惡狀。我也知道，為了暴露問題，為了凸顯這個機構存在的荒謬性和它所造成的政治亂象，為了刺激人們去思索變革的可能，為了衝破這個畸形的制度，一再的角力衝突抗爭，有時候是必要的，而且必然。公開地吵嚷爭論不休，更是民主代議會場的本質。我並未天真地以為，要達成我大約半年前競選時對選民的首要承諾——廢除這個機構，可以經由全然理性的討論辯難然後說服，然後大家欣然彼此同意說，好，就這麼辦。沒有這樣的事。我還不至於如此天真。我甚至於願意相信，毫不受拘束地盡情玩耍，故意破壞原來的設局，破壞當權者為了方便行事、為了延續和享受既有的何等權位利益而以文明之名設定的種種要人們因循遵從的所謂遊戲規則，是一種必要的策略操作，是既正當又聰明的；把你玩到掛，大概就是這個意思吧。我也相信，這幾天所有的這些層出不窮的紛亂和激情演出，只是一個動態的過程，是帶著創造性的。這幾天裡，我之所以有時目瞪口呆，內心困惑迷亂，覺得不適其所，我想，也許主要是因為我從未有過這樣子突然地，而且一天又一天，置身在這麼多的權力中人（或者應該說，權力的熱烈渴望者）之間，近距離見識到這些玩家們真的竟然可以這麼恣縱放懷、樂在其中、不覺疲憊地玩弄政治，虛虛實實，真假難辨。

一天又一天，戲碼其實相差無幾。上午九點的開會時間到了，若是出席人數——其實是以簽到的人數為準，但有人簽到之後，並不一定進場開會，甚至有的是開車或搭計程車上山來簽個名之後立即原車下山去了，簽名可能只是為了出席費或是某種交代——還不足三分之一的所謂法定人數（這是常態），大會因此延後。三十分鐘後若仍不得開始，則改開所謂的談話會。於是許多人搶著登記上台發表談話，題材五花十色，可以從外交、股市、企業經營、風災、語言、伙食、交通事故談到良知良能談到垃圾處理，內容不管如何膚淺鄙陋，或者頂多也只是一些常識性的泛泛敷衍而已，每個把握住機會爭取上台的人卻都可以談得很是驕傲自豪，很有學問和洞見的樣子，而且，總是表現出義憤填膺、痛心疾首或是苦口婆心的態度。儘管坐在台下的代表沒幾個；一部分已簽到的人仍在外面的走廊呆坐抽菸和閒聊，或者在交誼廳繼續悠然讀報喝咖啡吃各種零食和閒聊。然後也許十點過後，人數足了，可以開議了，更大的災難很可能接著開始：僅僅為了通過當日的議程內容和確認昨天的議事錄，可以至多有三十個以上的人輪番上台說明和指責。更多的情形是，為了若干無關宏旨的枝枝節節，彼此競相找碴，洋洋得意地或嫻熟或出錯地利用種種議事技巧遂行怎麼樣的阻礙杯葛。主席往往一再裁定休息，一再政黨協商。早先見識不多的時候，更令我目瞪口呆的是，有些人在台上一副怒不可遏狀，一轉身下台卻立即變成了笑嘻嘻的模樣。後來有代表跟我說，那是因為攝影鏡頭沒有對著他／她了。表演的時間已過。

然後，中午吃飯的時間到了。而大會可能尚未進入正式的討論議程。大家互相招呼著結伴去三樓圍著大圓桌社交用大餐。

然後，休息。有人坐專車去附近特約的旅館洗溫泉。有的，或許就不再出現了。

然後，兩點半，下午的劇場開始。即使已進入討論的議題，戲碼變了，演出的方式則類似，直到五時半之後。然後餐廳照樣開伙，即使多數人早已下山去。

將近兩個月來，許多日子大概就這樣過去。我有時坐在台下的席位上，腦筋或空白或混濁，任由人聲時起時落，在周圍迴盪，甚至於曾覺得自己好像意外地闖入並且身陷在一個一大堆江湖賣藝者鬧哄哄地盡力使勁賣弄炫技而且一邊不忘自吹自擂一邊高聲吆喝而行人交錯雜沓來去穿梭時而駐足隨便張望的光影撩亂的龐大市集中，沒完沒了，或者像是落入了某種黑洞裡身邊全是沒有面目的幢幢人影擁擠著喧鬧鼓譟或歡呼而那漩渦一直要將人拖捲進去然後絞碎並且吞噬。有時我就乾脆走出會場，在議堂外的那個憲政走廊裡，和一些同事並排坐在椅子上抽菸，或者硬著頭皮接受警衛「代表好」的問候之後走出大門，在廣場散步，看樹看天看雲看遠方。甚至就像今天下午一樣，帶著愧疚罪惡的感覺回來這個宿舍，獨自試著收拾若干正在慢慢崩解的什麼東西，甚至於乾脆走出憲兵嚴格管制的大門去爬山，帶著解說手冊，去認識一些花草樹木和鳥類。

出席，逐漸變得只像是在盡義務，同時也是減輕愧疚與自責的一種方式。或者像是一種動心忍性的等待，等待終有一天將這個機構徹底廢除了的到來。而在目前這些拖拖拉拉、冗長反覆、儀式繁瑣、令人疲憊、極端無味的日子裡，莎士比亞的一句話，每天每天，總會在腦子裡浮現許多回：充滿了聲音與憤怒，意義卻毫無。

4

我中華民族文化，垂二千五百有餘歲，至孔子始集其大成，……而此堯、舜、禹、湯、文武、周公、孔子聖聖相傳之道統，屢為邪說誣民者所毀傷。降至今日，赤禍滔天，……幸我　國父誕生，乃有三民主義之發明，……以繼承……道統為己任。……台灣……雖已光復踰二十年，……而居室之陋，建築之隘，無以見我中華侖奐之美，與文化之盛！……去歲　國父百年誕辰，……於陽明山起樓建堂，……以樓顏之曰「中山樓」，以堂顏之曰「中華文化堂」，意在紀念　國父手創民國之德澤，亦發揚中華文化之裔皇。……重簷藻棁。……凡我國人，來瞻於此樓此堂之下，顧其名而思其意，應念　國父之遺志未竟，願相與一心戮力以竟之！又當思三民主義，乃我民族之所託命，亦為我文化之所凝聚，願相與實踐而振德之！……嗟呼！隔水西望，滿目瘡痍，……淚枯血乾，生死無告者，莫非吾同胞與骨肉焉！……尤冀我國人操危慮患，莊敬自強！毋徒以遊目此璀璨瑰瑋紀念　國父之建築，而樂以忘憂！須知此為復興基地重建民族文化之標幟，當益堅其消滅赤禍重光大陸之信念。

——先總統　蔣公，〈中山樓中華文化堂落成紀念文〉，一九六六年

將近兩個月了，包括我在內的三百三十四個代表群聚在這個璀璨瑰瑋的文化堂內開會，發言盈堂，飽食終日。有時我對冗長糾纏、遲滯往復甚至癱瘓停頓了的議程鬱鬱難耐了，並且因而好像逐漸無法把握到自己的存在，只剩一個空空的軀殼而已，就走到堂外，在樓裡四處走動晃蕩和觀望（我們集會所在的這個堂，據說可以容納一千兩百個座位，面積六百坪，高九點五公尺，但其實它只是這個樓的一部分，位在一樓後側；樓的左側，另有它正式的出入口和門廳）。我像個不安而猥瑣的遊魂，走在重簷藻棁底下無所不在

的大紅厚地毯上，奮力提神欣賞四周那些廊廡立柱梁枋斗拱門楣窗框樓梯欄杆欄板天花板頂燈壁燈家具桌椅隔屏等等無所不在的那些或雕鏤或銘刻或鑲嵌或鑄煉或彩畫或黏貼或噴砂或立粉種種華麗絢爛的工藝渲染尤其是那些繁複的彩繪漆飾在四面八方或金色或紅色或紫色或藍色或青色圖案顏彩層疊交雜紋路反覆糾纏延伸連續但又像是極端呆板一致以及那些據說總共四百多盞的宮燈四十八種款式檜木為框精細雕鑿顯現不是壽字就是福字或是其他吉祥富貴語彙僵硬簡化了的造形圖騰以及樓梯大理石柱子上整整一百顆大剌剌的石雕壽桃以及古式紅木檜木柚木桌椅的龍頭扶手雲紋或是雜沓鑲了大量貝殼螺鈿圖形或為蝙蝠或為梅花或為蘭竹還有貼了金箔的許多隻孔雀等等等等啊真的是不厭其煩極盡擬仿雕琢裝扮修飾敷設鋪張之能事和功夫金碧輝煌如幻影舞台如帝王宮殿如宗教大神的拜堂讓人驚嘆懾服並因而自慚形穢不敢造次只能敬仰然而雖說我極其努力想要去感受它如此耗費心思人力物力所亟於彰顯的中華侖奐之美文化之盛的深度和意涵然而總是沒多久就變得兩眼瘦澀昏花腦袋困頓渾濁成一灘甚至感到壓迫窒息難以呼吸甚至因為想到這樣的一座內裝如此繁華富麗細瑣而外貌如此莊嚴肅穆宏偉壯觀的殿堂建築竟然可以在一個人一聲令下之後於短短的十三個月內由斬棘劈山掘土填方以至於落成而覺得恐怖。

我有時深深吐一口氣，然後以沉重的步伐繼續在這座宮殿內行走，走過迴廊和階梯，走進格局布置有別的若干個廳，想像聽聞來的一些帶著若干神祕化或神聖化了的傳說或軼事。譬如當年領袖如何端坐在正門進來的一樓右側會客廳深處觀察著他所召見的將官遠遠走入的氣宇姿勢然後稍作垂詢然後就決定了此人是否晉升的命運但當場並不明言告知而只讓升不升官者各自心裡有數地分從不同的兩個門告退而出。又譬如當年領袖如何在大樓正中央外觀如天壇的二樓圓廳辦公和會見重要賓客或者和他美麗雍容的夫人弈棋品茗或在旁邊相鄰的兩間專屬臥室休息但也不知為何從不在此過夜。

我走過二樓特地為代表們設置的臨時郵局和電信局櫃檯，走進後側深處寬敞但此時已顯得有些寥落荒涼的醫務室，想像過去一些老邁的代表們可能甚至坐著輪椅曾在這裡頻繁進出的盛況。我也走進一些辦事人員集合在一起處理公務和因應代表們諸種需求的一些角落房間和地下室。但仍有更多的房間和區域，我不得其門而入，或被禁止進入。對我這個只能在一些權位的邊緣徘徊觀望的人而言，這裡的許多空間仍然是個謎，同時也是禁忌，彷彿既神祕又神聖，是有關權力次第等級和其間運作及設限分享分配的祕密，是聖潔化了的有關信仰或情感的規範，不得自由與聞，不可窺看或探悉。譬如，據說二樓的一個兵棋推演室，那是領袖在世的漫長時期不時和若干高級將領們所一再認真地、若有其事地縝密設想攻防操練、「益堅其消滅赤禍重光大陸之信念」的所在，是一個作夢的祕密基地。（他不曾想到，在他死後的不很多年之後，當年對他宣誓效忠、矢志獻身並且和他一起演練夢想的一些將軍們，和那些他長年處心積慮一批一批地栽培出來的革命實踐研究員和救國幹部們，大都急切而絕決地背叛他的理想而去了。）譬如，據說領袖夫人專屬的一間因其偏愛而全以綠色系裝潢布置的臥室。（但是據說她其實很少來這裡，後來她更是感情堅定地寧願老死異國。）譬如……。

我也站在文化堂的門廳，瞻仰　國父和　先總統兩人並肩站立狀似親密卻又各自凝神遠矚的英姿。兩人頭頂上方大幅的橫匾上是「繼往開來」四個堅毅的金色大字。另有一副對聯，志氣更大，掛在我每天出席的大會堂主席台兩旁：「以國家興亡為己任；置個人死生於度外。」

往往我也會因此而感到極為不好意思。

這個樓這個堂，一座極盡費心美化神化了的宮殿。虛構的永恆、正脈傳承、榮耀。虛構的人的天縱英明、超凡入聖。以及一直也被虛構化了的合法性統治。

威權運作的種種符號和魅影，藏匿在我四周那些雕梁畫棟的細節裡，在許多精密迂迴的轉角處。

一座讓人耳目暈眩、神志癡惑的權力迷宮。

甚至就是一則神話本身。

5

五點半剛過，今天的大會應該已經按時結束了。我坐在陽台上，先是隱約聽見右側一些建築物和樹林後面的斜坡上方有車子在發動引擎和行駛的聲音，接著就看到一些轎車和兩輛大巴士陸續出現，慢慢走過那支徒然站立的旗竿和總在冒著白煙的大硫磺池之間的地帶，然後沿著硫磺溝旁彎曲的緩降道路而下，很快就一一消失在崗哨那邊的鐵門外。天其實還相當明亮，但也看得出斜斜灑落在地面和一些林木枝葉上的陽光已趨於軟弱。對面那座狀如冠帽的山，因為背陽，樣子整個的顯得越來越為灰暗，甚至於是沉沉窒悶的。

但不管如何，一天又過去了。

然後明天，一個和今天完全一樣的一天，大家將繼續默契十足地繼續讓昨天和今天尚未大體討論完畢的修憲提案一一通過。

然後後天。後天，將以一整天的時間討論總共二百二十五件與憲法無關的所謂一般提案。雖仍將會有若干代表把握最後說話的機會上台發言，而最後的決議則是全部的這二百多個提案分別照主席團所擬具的處理意見，送請政府相關單位研究辦理或參考辦理，或者予以保留。反正形式上有所交代就是，且也正式列入了紀錄。然後五點三十分到了，會議就會準時無誤地完全結束。功德圓滿。主席克盡職守，發言感謝這將近兩個月來各位代表和所有工作人員的辛苦。

然後，我也將收拾起所有的物件，那些我曾興沖沖地仔細準備的衣物、書籍和資料，將它們放回車子裡，然後回選區。

然而一直困擾著我的是：回去之後，我要怎麼向許多難免問起的人說明，這兩個月裡，我到底在做些什麼事，並且兌現了多少我曾給過的承諾呢？我能夠大言不慚地跟他們說（同時，更重要的是，也跟自己說），我是在參與一項什麼不得了的光彩大事嗎？或者說，我該如何向他們描述這麼多日子裡，我，終究也是和其他三百三十三個我的所謂同僚們當中絕大多數一樣，如何地經常就被那望不見盡頭的權力運作支配著，蠱惑著，失魂落魄，包括毫不自由毫無個人判斷和意志地完全聽命舉手或不舉手，而且一再重複？或者對他們坦言，這些日子裡，我長時難免是害怕的，害怕那些聽起來像是真話的謊言，那些看似誠懇無私的別有他求，那些各股勢力，無論是政黨的、個人的或是一群人臨時謀合起來，亟欲將權力欲望加以合法化的企圖和過程，害怕每日每日這樣地耳濡目染，自己可能也將逐漸地陷溺其中，陷入種種的誘惑裡，甚至於也終而深深樂在其中，並因此永遠背棄了一些什麼東西？

然而，政治人，根本上，不就是受權力欲望驅使的人嗎？

很可能，我的國度不屬於這裡，我對現實政治極度缺乏真正的認知、追求的意志、實踐的策略，和應對的才能，並因而把自己搞得太陰鬱，同時也把這個可以作為一種志業的事，搞得太過沉悶和無趣了？

而我這樣地經常遲疑不安，退避到一些角落或邊緣去觀望一些事，並且自我質問一些事，其實，是否很可能只是因為自己心靈怠惰、不願意認真去面對並解決向來就存在心中的種種矛盾呢？

甚至於是，這一路走到這裡，我其實都是渾渾噩噩的，迷糊而溫吞，頂多只是徒具有一些自認的純潔或誠實的簡單居心和空想，卻從來不曾下定決心或願意花費較多的時間和心思，去學習並獲取有效參與所必備的政治知識和技巧，讓自己在這一方面的角色更為專業化，積極競爭和進取，而只是一直隨著際遇、時勢無可如何地被捲入，在潮來潮去當中浮蕩，沒有定向，沒有一個核心的價值和堅持，而如此這般處身在複雜嚴苛的現實政治裡，非但欠缺戰鬥力，且往往禁不起考驗，甚至於顯得怯懦，並且讓自己經常覺得消沉、失落，讓自己一再成為自己持續前行的阻力？

甚至於因此顯得自艾自怨、怪東怪西？

甚至於變得好像欺騙或背叛了許許多多的那些對我有所寄望的朋友？

甚至於也欺騙和背叛了自己？

是不是就是這樣子呢？

思緒紛亂。

陽光越來越弱了。暗影快速地散布開來。更多不同的鳥叫聲分別響在樹林裡與山坡上。幾個士兵從介壽堂的側門走出來，手裡拿著臉盆和衣物；他們要去這棟樓後面附設的溫泉浴室洗澡。送公文的那位雇員從我正下方樓下的穿堂走了出去，低著頭轉彎，走往後花園那邊；大概是又要去打太極拳了。我起身，準備把椅子抬回幾乎已完全已轉為暗黑的大廳內。然後，也許吧，等一下就去外面的公園散步，或者也看看晚餐可以順便吃個什麼東西。

第五章／
浮雲

1

午後我走入競選總部時，看到原本稍顯擁擠的樓下空間已變得寬敞了。跟不同的支持者借來的兩張小事務桌、四張長形摺疊桌拼湊而成的工作台和放置其上的各種物件、一些椅子，以及一套也是湊合起來使用的舊沙發和茶几，都已經撤走。應該是物歸原主了。當初總部成立時人家送來祝賀的許多盆栽，包括豔麗綻放的各色蘭花，包括那些先前布置在大門外面騎樓下兩旁的，也幾乎全部不見，可能是已被什麼人分別拿回家去了。空出來的地上則分散堆疊著一些旗幟旗竿木板海報紙箱之類的東西，亂亂的，兩個工作人員正在收拾，有待進一步的處裡。總管樓下各種雜務的主任正在講電話，大概仍在跟誰聯繫其他什麼需要善後的事。那些寫著捐款人姓名與金額的紅色紙條，裁切成長方形的一小張一小張，也還密集排列在一側的白牆上，其中有的似已稍顯褪色。我一一看著上面的名字和數字（選舉時，計畫性的經費募集，譬如說透由餐會或鎖定某些特定人脈的方式，對象都已另外列冊，名單一向不對外公開）。三個多月來，這是我第一次仔細瀏覽這些人名。其中大部分的人，我認識，但也有一些，以前我完全不知。他們幾乎都不在我原先預定勸募的名單裡。捐款也大都是小額的。這時選戰過了，他們儘量用實質支援的方式所誠心表示的對我和對某些事的期待，也已確定落了空。這時這些紅紙安靜地貼在牆上，在那些條列的姓名裡，我好像可以看到許多徒勞之後廢然無言的神色。然後我聽到主任在跟我說話，說著如何必定可以在租期屆滿之前將整棟樓完全回復原狀的事。他還說特地為我保留了兩盆蘭花，存放在後面的廚房兼餐廳裡。「作為紀念，」他說。

紀念我和一些朋友一起作夢並相偕走過的一小段日子。而那些夢，那些和朋友們一起對這個城市所曾有過的想像與描摹，那些似曾一度在我心志裡逐漸趨於委靡的過程中再次逐漸燃燒起來的熱勁，也都將很快成為過去，甚至於其實已成為過去，黯然轉回原來似可得過且過的無所謂狀態了。

二樓也是空的。這個曾經作為整個選戰策略討論、資訊彙整、文宣執行和組織動員等等並且因而非請莫入的作業與指揮中心，這時異常寂靜。電腦已全部搬走，所有的桌椅差不多也是。連月來經常晝夜不分地在這裡工作的那幾個年輕朋友，選前幾天就跟我講過，投票後隔天，不管結果如何，他們已約定好要去爬山，預計一星期後才會回來。物去，人去，樓空。本來面街的那面牆外，是一片很大幅的膠布看板，從頂樓陽台外牆垂掛而下，是我的宣傳定裝半身照和訴求的口號，這時也已拆除；長期一直被遮住的一排橫窗，因此終於又可以透入自然的天光。雖說也還是這冬日裡經常沒出太陽的下午，但灰白的光線仍然在這個室內空間的窗櫺、牆壁、地面和若干還未清除的雜物之間形成明暗幽微的光與影。我忽然覺得，這個空間當初應該就是這個樣子的，這時重見天日，時間也回到了原來的淡然無波，不再有人的出沒走動和交談的言語，甚至於因怎麼樣的意見不同而起的一些爭執，或是每天的幾個時段當宣傳車行將出發或剛回來時從屋外路邊傳來的反覆播放著的選戰主題曲那刻意選擇的沒有口白而只有弦樂協奏的特別旋律。一切轉為平凡，塵埃落定，光線進來。我在角落裡用還沒收走的咖啡機為自己煮了一杯咖啡。磨豆子時，香味淡淡地在我四周無人的微寒氣息裡飄浮。車聲一陣陣，響自窗外。

我把咖啡端到三樓後側我的專屬房間裡。在整個選戰期間，這是我每天被安排著在外面行程緊湊地四處忙碌奔走——譬如說，沿街循巷疾行挨家挨戶甚至登樓或入門或只能站在門外，穿行菜市場夜市和運動場所，參加婚禮喪禮和種種花樣的活動，永遠帶著笑容打招呼握手說謝謝和拜託，或者致詞逐桌敬酒甚至還要唱歌，偶爾穿插趕赴某處密會某位據說重要的人士尤其是那些所謂的原為對手的樁腳，狀似虔敬誠懇地聽他們講一些有的沒有的，甚至是聽來像是有些期約交換意味的話語——回來之後可以獨處、休息，暫時終於可以不必講話和聽話甚至於可以斜靠在坐椅上小睡個一陣子的地方。這裡也是我和少數幾位主要幹部需要怎麼樣的臨時密商的所在。更常的是，我仍須儘量利用難得的空檔，儘量提振起心神，依著執行總幹事幾乎每天都會放在桌上或面交給我的名單（單子上的人名後面，也常會加註上是何許人何種身分譬如說捐款者重要樁腳另行約見之類的簡單文字），一一打電話，語氣誠摯而熱切地表達感謝和共同打拚的意思。然而，這一切，現在都不需要了。未來也不需要了。鮮明地繡著我名字的夾克和兩條彩帶，這時掛在牆上（我一直都無法很習慣於穿戴著這種衣物四處招搖，然而多年以前，就有朋友跟我說過了，候選人不就是需要這樣子儘量招搖的嗎），以後也不會再派上用場了。

自我的任務已經結束，生活節奏，確實應該也將回歸到它原來的樣子了。我取下夾克和彩帶，摺好，疊放在桌上（這兩件夾克，我想，待我找個時候刮除掉所繡的名字和號碼之後，應該可以在日後從事農務時當外套穿，至於彩帶，也許就送去回收或乾脆燒了吧），然後繼續清理抽屜。除了一大盒一位朋友從遠地郵寄來的喉糖和幾片儲存著各種活動照片的光碟之外，大抵都是一些紙類的物件。一大本文件夾裡，按時間順序存放了這期間所曾製作出來的各式文宣品，包括拜訪名片，包括我以條列的方式自擬的關於這個城市之文化想像的兩頁文字稿；這是當初我以好幾天的時間才歸納出來的用以說服自己並且回應若干朋友的極力慫恿然後終於在淡退多時之後決定再次參選的主要理由。一疊厚厚的分區逐日掃街路線影印圖，上面以色筆畫出的線條，標示了我過去這些日子在這個城市大街小巷裡的行蹤。雜七雜八的那些小紙張和便利貼，三言兩語寫的都是若干場合的講話備忘和待辦事項備忘之類的。我把這些零碎的片言隻字全部揉進垃圾桶內（是不需要有什麼備忘了。我需要的反而應該是遺忘，遺忘一些事，以及更要緊的，盡可能快速地被人遺忘）。那些他人的名片，則先收起來，用橡皮圈圈好；如何處理，以後再說吧。

我就這樣一個人在室內慢慢收拾著過去短短幾個月裡從無到有所快速累積

出來的這些物件，時而一邊看著當中的若干文字，有一種好像獨自回到混亂戰役過後的現場，在彷彿仍在悶悶燒著的絲微硝煙味當中檢視著一些東西，撿起一些東西，同時也隨手丟掉一些東西。這當中，手機曾三度響起。但我都沒有接聽。從小螢幕裡所顯示的來電號碼，我判斷，應該不會有什麼非交談不可的事務性的話題，而只是人情性的問候罷了。但這時，我不需要這些。每次鈴聲過後，這個小小的室內，似乎都顯得更為空蕩。

我去後陽台拿掃把想要掃地時，望見遠遠的那些山脈在淺淺一層暈染開來的雲氣裡。山的線條和色彩仍然隱約可見。人的居所就從那山腳下毗連著散布到我眼前。站在這三樓上，我看到廣大的天空下一部分有高有低錯落參差的屋頂和少數一些聳立高樓的剪影。街市裡的各種聲音混合了之後，一直在朦朧地悶悶響著，似乎遍及我面前這大半個小城的這些屋宇的上方，隨風浮沉，然後終究又靜悄悄地持續著被吸入蒼茫的天空裡。西南邊不遠處，往縱谷的方向，一棟顯然加蓋了鴿舍的凸起樓房屋頂上，有人在揮舞著一根尾端綁了紅布小旗的長竿，動作時續時停。一群鴿子，大致以我見不出其面目的那個人為中心，被驅趕和操控著，像是很自由自在地一再急涑盤旋飛翔，當牠們靠近我，約略算得出來二十幾隻，而當牠們飛遠了，也總一再地會有一陣子隱入了灰色的雲霧裡。

那淺淡的雲霧，正無聲地渲染著那些盤據起伏的山巒。我想起二樓的那些朋友這時在深山中，今天是第四天了，不知道天氣如何，不知已經到達什麼地方。或許應該已經在回程的途中了吧。我想像著他們快樂而不免疲累地在山林間跋涉的樣子，同時也想起很多年前幾乎一整年我曾不時在高山世界進出和盤桓而經常歡喜讚嘆的那些極其單純而美麗的日子。他們行前曾帶著些挑逗的口氣問我說，要不要一起去。他們當然也知道，這是不可能的。我還必須做許多有待收拾的工作，關於人、事和自己的心情。

2

接下來連續幾日，我經常出門，四處遊蕩。有時一大早我登上住家門前的河堤之後，往下游的方向散步約一個小時，去海邊，走在日據時代就已築造但仍然堅固的高聳海堤上（在這個多地震和颱風的地區，即使已經那麼多年了，也從未聽說過這道堤防曾顯露出任何什麼破綻或歪斜的現象，倒是我總覺得，海水越來越為靠近了，而且侵蝕的速度，或者說陸地的沉降，很明顯；三十多年前我在下課後經常一個人或偶爾與同事或學生坐臥的大片砂石灘，大致已消失不見，換成了大量的水泥消波塊錯雜堆疊到幾近堤防腳下，極為刺目），經過北濱街一帶老聚落的旁邊，經過殯儀館和清潔隊的後側，到南濱，途中時而隨意停下腳步，或者坐下來，靜靜瞭望冬日裡總是顯得有些灰氣茫茫的大海，或者回看幾眼另一旁附近舊市街的房屋。

南濱一帶，當這個城市剛要形成的初期，曾經是大船停泊於近岸然後再以小駁船和人力協力裝卸貨物的地方。許多年前，岸邊仍然是一片平坦的低地時，我來過多次。記憶裡經常有水牛在草澤間悠然吃草，有很多種鳥類出沒和不時叫喚，特別是總喜歡在半空中跳躍著唱歌的雲雀。更常令人愉快地油然生出一些驕傲感覺的是，當時，漫步在這一段並不高的堤防上，隨時抬頭望向市區，視線總可以越過路樹的枝葉上方，毫無阻擋地看見人們真實生活的這小城的前方一帶，看見屋頂線後方最遠處綿延矗立的那些大山，以及山邊或有的煙嵐，以及天空，或有的雲，那些短暫停駐或不時變換的永遠難以說得準其形貌的雲。那時候，從這個海邊的堤岸上平視過去，總會覺得，整個的這個城，以及那些山，還有大海，這個正在一遍又一遍發出嘩嘩聲響的湧動著的大海，都在旁邊，或者說，全部是聲氣相通的，而我就在其中，所有行住坐臥在這裡的人也是，互融相伴成一體，一體成為尋常生活裡該然的存在，好像沒什麼稀奇，特別，卻又這麼氣派，永恆，而且，常令人感到放心。

然而也已經是好幾年前了，有權力做決策的人開始在這一段海邊大規模地進行地貌的改變工程，填土（包括卸下一車又一車的垃圾），填海（以消波塊，以大大小小的石頭），挖溝，築牆，造假山，蓋涼亭，砌台階，闢停車場，種草皮，栽植每當颱風過後大概就得重新栽植一遍的不同樹木，甚至於還在堆積起來的土丘上搞出了似乎從未使用過的一座游泳池和一座仿古羅馬式的露天圓形表演場。於是當人們來這裡沿岸散步，由於這一脈假造山丘的阻擋，轉頭再也看不到我們天天生活於其中的城市面貌了。那些真正的高山，也只能勉強露出少數幾個分別孤懸著的山頭。人在這裡沿著海岸行走，變得好像是和自己的城市隔離開來的，不再親近，彼此無關。

名目是要營造一個海濱公園。現在它卻是以夜市而大大有名。入夜以後，當人們，尤其是觀光客，覺得無聊而且似乎沒有其他的去處了，沒有更好的選項，他們就相招引伴來這裡消磨時間，人看人地穿梭走動張望，在各種小吃攤、熱炒、卡拉ＯＫ、撈金魚、射獎品、玩電動等等廉價的吃喝玩樂裡，在各種混雜斑駁的聲光氣味欲望和喧譁之間，結束一天，滿足，快樂，而且疲倦。

逛這個夜市，甚至於好像已經逐漸成為許多外來遊客的一個必要行程。我選後的這幾個上午我散步來這附近，夜市當然是全然寂寂無人聲的。我從海的方向走到人造的斜坡上，可以看見鐵架所撐起的塑膠帆布篷緊密接續成好幾排，覆蓋了底下的大馬路過來之後被整為平地的一大半區域。那些布篷，以及圍綁在側邊聊作擋風之用的若干垂帳，好幾種顏色，呈塊狀呈片狀或者條紋相間，有新有舊，有如在經久的時間裡被迫著不時倉促因應而形成的大補丁或拼布。那些總是匆忙來回於港口碼頭和某些砂石場的大卡車，頻繁地從旁邊的大路上疾駛而過，一再留下呼嘯的聲音、引擎的聲音、煞車的聲音，和灰塵。那些用來謀生的遮風避雨的棚子，在這些聲音裡，在冷風中皺縮著，偶爾顫動。我曾在別的地方看過乾淨、有秩序、很有氣質的庶民市場，很令人感動和欣羨。但我也聽說過此地的誰誰誰和誰誰誰如何緊密相依的有關利益往來糾葛和操控分配的事。當然我也知道，由於某些原因、動機或者認知，人是絕對有能力輕易地將原本美妙的物事變為平庸而醜陋的。

或許就是因為如此吧，這個園區的營造工程似乎沒完沒了；從以前到現在以至於未來很多年，每隔一段時候，就會有工事在或大或小的範圍內進行，剷除掉原有的一些什麼，同時無聊無趣地製造和翻新出另外的什麼。譬如說，目前，在北邊接近水柵門的地帶，就有一大片區域被高過人身的鐵皮牆圍了起來，讓人無法窺見其中正在進行的事，只聽得到一部怪手在作業的不時硿哢硿哢聲。又譬如（這時我還不曾想到），不久以後，夜市的路邊入口處，將會出現一座全部用岩片（黑底灰紋，顏色分布得極為均勻，不知是天然還是人工的）貼成的大牌坊（然而就其倫類而言可以稱為牌坊嗎？我也有些遲疑）：五柱四間的形式，上方兩側作為橫板的地方有許多個白色的圓圈圈，我猜測應該是要表示水泡之意，因為上方各有一隻裁切成海豚模樣的平板狀魚類近相對望著；地面上則是兩隻幾乎與人同高的銅鑄巨獅，身軀穩穩趴踞在第二與第四根方形石柱前，一張牙一閉嘴，一起昂首直視前方。後來我每次路過此地，心底總會泛出一波苦澀，並且覺得難過。

可能為了彰顯此地豐富的岩礦蘊藏吧，像這樣以石材為要素來造景，在我們這個小城裡，隨處可見。這幾天上午我來這個南濱公園，必然都要看到兩個這樣的「藝術品」。一個在海堤北端入口旁久未修剪的草皮上。方塊形的基座，高約兩米，上面是泳圈狀的環形物，更上面是一個小孩模樣的人體俯趴在一隻什麼魚身上一起飛翔的樣子。基座和泳圈的外表貼著暗綠色的蛇紋石碎片，小孩和魚的身上貼的是灰白的大理石。魚的嘴巴破損不見，小孩的左腳掌也已斷掉，泳圈外面則露出了幾根生鏽的鐵線，而且，這整組不知該如何稱呼的物件，已明顯有些歪斜，整個的看起來，很愚蠢。另一個，在南邊。但我不想多說了。反正同樣顯得愚蠢就是。

對於這些，我是確實有過不少意見和想像的，而且在最近的幾個月裡，曾密集地和一些朋友興奮地討論過，包括對於這幾個上午我一路沿著河邊海邊散步過來所一再看見的若干物事——溪畔高灘地，舊鐵道，街角，市場，廣場，荒廢的公家老房舍，喧囂而頗具威脅性地頻繁穿越過市區和賞景動線的大卡車，等等。讓我從曾經有些消沉洩氣的參與熱情裡重新振作起來的，正是這些似乎瑣碎卻又攸關一個小城能否更為美麗有趣有氣質的實務所做的想像。然而現在，曾有的這些想像，已經確定只能留在想像裡了，甚至於純粹只是一場夢。而夢，已經過去。

潮水的聲音輕輕反覆，在帶著些濕冷的風中。

鴿子，有時單獨一隻，有時十幾隻成群，總會在我沒注意的時候，來到我附近大致有些枯黃的草坡上，走走停停，時而打量我一眼，時而羽毛隨風翻揚。牠們的住處白牆紅色斜屋頂，坐落在斜坡一個微凹處那邊。也常有一些無家可歸的狗懶懶地從我身後走過。我回到海堤上繼續散步。海水持續湧動。海天之際蒼蒼渺渺，但仍略微顯露出一線漫漫悠悠的彎弧。然後，或許有一艘貨輪正駛過東北方立著紅燈塔的長堤旁邊，要遠航了，或者在別個方位的某個不遠處，正慢慢接近，準備靠岸。

草海桐好幾大叢，在較低矮的堤岸外側砂石上，匍匐成倒碗狀，油綠的葉子在陣陣的寒風裡不時顫動。一些垃圾袋藏在草叢中。有人站在最前方的大片消波塊的最高處釣魚。海水持續著不斷湧動，彼此激盪，一再產生有些暗沉細碎的灰綠色波紋。

3

一個陰雨的午後，我撐傘出門往北走，過橋之後，去美崙山。這座山，海拔約僅百公尺，地盤略似紡錘狀，南北走向，茂密的樹林間，有許多條相通聯絡的步道小徑。站在稜線的若干所在，往南往西可以清楚鳥瞰差不多三分之二的市區和高大的山脈；往東，看見的是另外的三分之一市區，以及太平洋。晨昏時，尤其是假日，許多市民會來這裡健行和運動。它隔著溪流，就在我家對面；每天有意無意間，我們總會相看好幾回。很多年前，為了攀登高山，有一段時日，我曾選定其中的一段急陡坡一再地來回上下疾走，訓練腳力。其他的平常時候，我大概也會一星期來這裡走動個一兩遍，活動筋骨，有時就停下腳步，隨意瞭望幾眼我所居住的這個城市的樣貌、形勢，每每覺得這一切真是美麗，讓人歡喜。然後，就在某種特別的情緒底下，我也許會繼續站定許久，往返遠觀近看，任由一些心思在那些大山、街道、屋宇、溪水和海面之間來回移動起落，想像那其中除了美麗的樣子而外如何應也可能會有或將累積出來的怎麼樣的榮光、人的文明。

然後，過去的三個多月期間，有三次，我披著競選綵帶，在至少兩個工作人員的陪同下，天剛亮就到這片山林裡做所謂拜票的事，全程逢人就打招呼鞠躬握手送出文宣品並且說謝謝（一如以往，我總是盡可能不說拜託；我一向認為，我不是在請求任何人賜惠，而是在邀請他們加入一起思考和行動的行列），或者四處尋找那些在樹下某個小空地上跳土風舞太極舞社交舞做韻律操或其他任何操的群眾，然後表現出很熱情很有朝氣活力地快速趨前，不斷重複全套所謂的拜票的動作。如此兩三個小時，晨間的行程才算結束。

其實，我很不喜歡在這種運動場合（也不喜歡在菜市場）拜票。我總覺得，我打斷了她／他們一大早就在專心進行的正事，是闖入者、騷擾者。

另外，我還記得，我有兩次穿著黑色的夾克正要走入一處登山口時，一個在那附近擺攤賣養生飯糰的中年女子，總是很好意地勸我如何絕對不能穿黑色衣服，而應該穿紅色或至少是明亮色系的。她因此還一臉正色地說了一番有關衣著顏色和運勢的大道理。我立正連連稱是和道謝。

這次來，我不想碰到任何人。所以我選了這樣的天氣，甚至於撐傘之外還戴了帽子，並且把帽簷壓得低低的。

細雨不停。水珠偶爾從傘緣滴落。從樹上掉下來的水珠，較大較密集。但事實上我也不能確定這是否就是下雨，或只是因為水氣霧氣濃重而已。我試著從幾個地點往西南邊的市區中心看過去。如鉛灰色的粉末或塵霾均勻瀰漫。

周遭無人，雨滴的聲音因此似乎顯得極為分明。這些聲音顯然就在身邊，然而當我閉起眼睛想著什麼事情，有時又會錯以為，雨聲，或者我自己，是在別的什麼地方。潮濕的空氣凝結在樹林灌叢的暗影裡，但同時好像也正在從我的衣服上無聲無息地慢慢往內湮染。心裡甚至於也逐漸有了一種濕糊糊的感覺。好像什麼物事都不再很確定了。好像是在長久辛苦跋涉之後突然發現自己竟然置身在一個似曾來過但其實頗為陌生的所在，於是對於自己一路走來時所曾有的認知與判斷，甚至對於自己為何與如何來到這裡的，也感到有些困惑了起來。

雨細細地持續落下，若有似無。

若有似無的，還有那存在於潮濕空氣裡的一種沉悶停滯的氣味。

我想起前天晚上，我曾刻意去市區的中心走了一趟（也是戴著帽子，並且也把帽簷壓得低低的）。那是由三條主要街道交錯連結出來的俗稱金三角地帶。選舉活動期間，我曾在這個區域來來回回走過好幾遍，而且總有廣播著主題曲和所謂肉聲的戰車同步隨行，進行掃街的活動。選前之夜，照例這裡也是我們強力動員遊行的重點路線。長長的隊伍，擴音器強力放送的歌聲、口號、呼籲，不時的搖旗吶喊，不時的鞭炮煙火，還有兩旁側目或十字路口圍觀的那些群眾。然而，這時我獨自回來，一切看似什麼事也沒發生過。仍然是平常市街營生的樣子。做生意的人，包括那些曾在我每次掃街時熱絡甚至激情地表示過絕對支持的人，仍然繼續忙著做生意或盼著顧客上門。逛街的人繼續到處走動、穿梭、張望或進出於各種店家。擁擠的車輛在路上走走停停。櫥窗裡的各色商品同樣引人渴欲。飲食的男女，快樂而優雅，坐在大片玻璃後面的室內。各種興奮的聲音燈光和陰影四處交雜和竄動。就快要過年了，因此明顯地還有一些歡欣慶祝的氣氛在四周醞釀。總之，也仍然是這個濱海小城市給人的一般印象，或者是本地居民常自以為的若干特色：一定的繁榮，和樂，悠閒，緩慢，幸福，心滿意足。這時我一個人走在這些看似富足的街上，走在步伐不一的人群當中，有時很明顯意識到自己的存在，覺得與近旁這些熱鬧的人車聲音燈光色彩分明地隔離著，成為像是一個在硬殼裡收縮起來的小生物，但有時卻又覺得自己的身體正在慢慢潰散，隨著又一再地化解成很虛浮又無拘無束的什麼東西，像空氣，越飄越遠。

我也曾經是自我賣力包裝修飾然後自我賣力推銷並因而同時不斷等候著被觀看被議論被掂斤秤兩被消費的商品。

我轉入一條較僻靜的路，發現無人經商和居住的連續幾間房子的騎樓下，我的一面立形人像宣傳看板斜靠在光線暗淡的牆角。本來我就不是很清楚文宣組當時以郵差意象來做這個造形的設計用意，這時看來，更覺得板子上那個自己咧嘴微笑的樣子，憨頭憨腦的。我立即打電話給這幾天仍留下來負責善後的人員，請他盡快找個時間來把它收走。我真的不確定自己怎麼走到這裡的。我好像也不真切理解這個城市。

雨細細地持續落下，若有似無，在我駐足的小山丘上。

從這裡看過去，我前晚走過的鬧區方向，也仍然還是大致一片朦朧。

4

這是一個移民的小城市。

一九〇九年日本殖民政府在這裡設廳時，人口只有一千六百多。二十年後，一九二九年，港街的居民超過一萬（其中日本人約占四成三）。一九四六年底，走了萬餘名日本人之後，留下來的，也仍有大約兩萬五千人。又二十年後的一九六五年底，人口再增多兩倍，達到將近七萬六千。五十多年間，從一千六百到七萬六千，這急速增加出來的人，除了原有住民的自然代代生添和隨著國民黨逃難而來的所謂外省人之外，絕大多數是從所謂的前山移居過來的。

這些人在不同的年代裡，陸陸續續，告別生長的家鄉，翻山過嶺，勞頓跋涉，遷移來這個全然生疏的地方，其中，想必也是絕大多數，多多少少，有著某些苦衷的吧。是不得已的。或者因為怎麼樣的壞機運，匱乏困窘，在原鄉看不到未來，或者因為如何重大的挫折失敗，甚至崩壞的名聲，難再收拾且繼續下去的生命，他們以為，或者被逼迫著以為，這個山險阻隔的荒遠的大海邊，或許有可能讓他們擺脫掉種種不堪的難題困境，忘記若干屈辱，並且找到重新開始的機會的吧。他們於是來到這裡，辛勤勞動，墾拓種作，受傭出力，或者機靈地試著做一些小小的生意。他們全心全意地埋首謀生討賺求溫飽，養家活口。他們專注於為生計而作的奮鬥，對家庭門外的事務沒有說得出口的牢騷或意見。他們儘量攢積，並且還一邊不時張望著找尋更好的機遇。他們孤立無援，一切必須靠自己。他們儘量和交雜居住的各色人等和諧相通相處，親切和氣，但也不時要提醒自己務必謹言慎行，小心翼翼，與人保持一定的距離，避免爭端，甚或還得防範洩露出或有的難言的若干過往來歷。外面的世界，很遙遠，隔離和封閉在四周圍繞著的高山汪洋之外，所以，對外界的許多事，他們也只能不聽不見不問了。

所以，也許可以大膽而冒犯地這麼推測吧，這個小城市的居民，這些移民，無論先來後到，其中大多數，雖說待人處世和善有禮，但想必也是世故的，善於察言觀色，經常設防，自求多福，而且容易滿足，但也易受驚嚇。

然後新的統治者來了，迅速殺害了一些人，逮捕了一些人。而且是地方上有名望受敬重的人。慘死，失蹤，酷刑，監禁。軍隊走在市街上，住進學校裡。日本政府為了殖民的目的，以二三十年的時間所逐步建設出來的一個邁向進步都市所該有的許多基礎設施和機構，當然也頓時全面地被一一接收和占有了，包括學校、醫院、市場、集會所、自來水廠、發電廠、郵局、電信聯外線路、公園綠地、棒球場、報社、法院、監獄、東線鐵路、蘇花公路，以及一九三九年才竣工通航的築港，等等。

而且，不只是占有，他們還刻意肆意地強加竄改。這個城市舊市區現存的棋盤式道路系統，早在一九一六年就已規劃完成。全部都是。其中的一些，也已各有名實多少相應的稱呼。例如入船通、黑金通。但這個新來的政府卻全部將它們換了名字，只除了保留一條新港街。那三條相交著組成市中心最熱鬧繁華地帶的通路，和別地的其他大城小鎮一體適用，無庸置疑地改稱為中山、中正和中華；居民較多的幾條，被改為軒轅和大禹，以及光復、復興、三民、大同、民國，以及明禮、節約和公正；其他的，由東到西，是博愛自由忠孝仁愛信義和平，由北往南，依序為上海南京成功福建廣東和重慶。

這個小城，於是，全面陷入了新來的這個極權統治者公共啟蒙的密集火網下，夜以繼日地接受意識形態的強力宣傳說教，接受全面性的洗腦，無所遁逃。更換之後的街路名，這些巨大虛空的政治語彙，虛偽荒誕而殘酷，每天無所不在，時時與市民同在，如幽靈，邪裡邪氣地蹲踞在每一條大街小巷，無形地滲透進每一個人的日常生活裡，窺伺人們的思想，塑造著人的信念與價值。城市小小的，怎麼走都走不出這樣的規範和灌輸。

而原有的那四所小學，也被依序改冠以明禮明義明廉明恥之名。行政區內各里的名稱，全部地分別以民、主、國這三個字眼開頭，譬如，民有民治民享，主信主義主睦，國威國安國魂。唯一的報社，誠惶誠恐地賣力盡責，或呼應，或吆喝，經常在為當權者傳聲，而在每個關鍵的時期，更是忙著義正辭嚴地鼓吹一些邪說，道貌岸然地扭曲一些事實，並且一再遠離公平和正義。

原本只是為了設法餬口求生才從異地移徙來到這裡的市民們，這時，在見證了肅殺的開場戲之後，見證了黨國的恐怖手段確實可以如何輕易地折磨傷害摧毀了一些在公共領域稍露頭角的人物之後，深受震撼驚嚇，言行當然只能更趨於謹慎保守了，所關懷的，更嚴格地自我限縮於門庭之內；這時，每天被這些思想的訓示包圍灌輸著，心神勢必逐漸地變得長時迷迷糊糊，但也只能勉力一再重新振作，繼續工作謀生，逆來順受，不願也不敢去細究現實與幻象之間的差異，甚至不願也不敢去分辨是非，而用更多的冷漠保護自己，以理性的藉口安慰彼此，並因而從此跟著大家一起逐漸混淆了一些事，顛倒了一些事，遺忘了一些事，甚至否定和根除掉若干記憶。

許多人噤聲無言，默認了強者的支配。仍然必須辛苦操勞的人，繼續辛苦操勞。確實已逐漸累積出小小的物質富裕的一些人，歡喜滿足於這小小的物質累積，甚至可以開始偶爾憶苦思甜了，在自我告誡著並且也相互告誡著務須持盈守成保泰的同時，一邊伺機再進一步，一邊愉快享受著生活裡的悠閒、趣味、不怎麼為難的消費，和親情友情。日子過得彷彿風光、體面。

那些積極進取的人，主動或被動地對威權勢力表態順從，輸誠，尋求被接納，並從中獲得回報，甚至於也從此涉入了那個不光榮的壓迫人的體系，深深寄生其中，分享或交換了一些似乎足以驕人的權勢和名利，彷彿風光、體面。

難得能在各公教軍警和各事業單位任職的人，在工作機會相對欠缺的我們後山這個移民社會裡，數量比例眾多，原本就是生活相對安定的，很難得。他們許多人，繼續安身立命於階層官僚的運作體系裡，繼續活在大抵對權威恭敬順服的行為模式中，不想太多，也不關心太多，珍惜現在，也策勵未來，繼續在這個小城市做個中堅分子，繼續構成難以撼動的穩定力量。繼續彷彿風光、體面。

武力展示之後，繼之以愚昧人的教化，以懲罰的威脅與利益的誘引雙管齊下。這樣的統治手段，向來極為有效。這樣的馴化方式，是成功的。

城市小小的。現在的人口十一萬不到。大家相安無事。甚至於好像是彼此親密的。人際關係重重疊疊。地方上唯一的那一份似乎仍然不敢懈怠地在必要的關鍵時期繼續賣力傳播單一強音的報紙，幾乎天天都有一些婚喪訊息的版面，公開地發喜帖或訃聞。也往往會有一群人或好幾個工商團體公益團體或機關單位一起聯名刊登廣告，同心祝賀某個人或某幾人榮任或高升或金榜題名或其他任何好像值得祝賀的事。整個小城的市民們，宛如一個相親相愛的大家族。大家牽來挽去。大家歡喜就好。大家似乎總會在某個節骨上搭上了關係的一個聚落性的社會網絡。同時，也是一個難免有時會讓人覺得無所遁形的網絡。經常眾目睽睽。每天好像生活在互相的窺探和監控裡，是有壓力的，有許多無形的束縛。不太敢有什麼對抗的意見和人格；只能儘量從眾，或是聽任一些有頭有面者的指導。

這一切，不管如何，許多人似乎也都已習以為常了，無知無覺，不再懷疑。大家繼續過日子，彷彿自在、悠閒、快樂，或者，不免也仍各自懷著各自鬱卒的心事。

每天早晨時分，一些婦女來到那個奪據了市區極佳地理位置的縣黨部，在圍牆內黨旗下銅像旁的廣場，面對或背對著路另一邊也是奪據了市區極佳地理位置的救國團的宏偉建築物，跳舞，歌聲笑聲說話聲混合著，很是歡樂和滿足，運動完了或許就彎到黨部後面緊鄰的那個為了感念某個偉大女人而曾經被命名為美齡公園內的老人會館，嘻嘻哈哈地再打個撞球或乒乓球，然後順路去市場買菜，然後回到家裡看電視，或者也還一邊想起前幾天哪個單位或哪個人曾給社團送來了怎麼樣的補助經費、禮品或加菜金因而覺得深受照顧禮遇敬重，很是歡喜和感激，或者想起丈夫或兒女或孫子女的種種成就、地位、薪水或一些上進的行為，因此覺得這一天很幸福，而人生，終究也是美好的。然後每當選舉到了，大家就互相勉勵和約束，因為哪個單位或哪個人的交代，務必確實把票投給某某某。

這一切，我不知道是否就是某位思想家所謂的思想的空乏及凡常的惡。但是我知道，要說服這樣的人去相信變革所可能帶來的希望，是頗為困難的；說服他們加強對現存秩序的繼續依附，相對而言，容易許多。

威權統治真正恐怖和邪惡之處是，即使實際的恐怖手段已不再，威嚇的作用卻依然長存，繼續操控和腐蝕著人的心靈和行為。

這是一個歷史還短的移民小城市。

歷史還短，移民破損的心事卻很長。人們大致還沒太多的心力和時間去想起或顧及某些超乎利祿福壽之外的一定的志氣、正氣、貴氣，或是一些凜凜然讓人肅然起敬或感念緬懷的什麼東西。歷史還短，還未能累積出真正可以深深感動人的光輝和重量。

5

投票日的隔天，我開了二十幾公里的車，去看我的農地。這塊地，三分餘，是前此兩年多買的。那一陣子，我近乎狂熱地四處看地，同時也開始了對餘生有一些認真的設想，浪漫愉快地盤算著以怎樣簡單的方式過未來的日子：住在鄉下自有的一小片農地上，種一些菜、數種水果、許多樹，自律自主，深居簡出，長時在田野間散步走路，悠然看山看雲，讀一些無關乎經世致用的詩、小說和其他閒書，或者也試著畫畫，實現年少時候一度想考美術系的夢想，然後，等時間到了，乾淨死去，然後最好能讓骨灰遍灑在某處高山草原上，永遠與大自然世界裡總是那麼純淨的種種色彩聲響為伍。所以終於看到這一塊地的當時，心意大致就已經定了。它在縱谷裡，東西兩邊都是連綿不斷的山，距離既不很遠，又不至於因太逼近而在隨時抬眼觀望時難以見到山脈綿延橫展的高廣氣勢和形容。

另有一項讓我相當動心的是，這塊地臨路的前半部分，原地主種了十幾株龍眼樹，以及各為兩株的芭樂、柿子、枇杷、釋迦，和數叢香蕉。特別是那些已長成不只兩公尺高的龍眼樹。地主表示這已栽種七八年了，且曾有過三次收成。「果實都很大顆很甜噢，」他說，而且強調了好幾次，或許早已看穿我發亮的眼神。這些龍眼樹，讓我想起童年老家隔著一條大水溝對面那一排據說是我阿祖所種的龍眼樹，想起小時候，每當龍眼花開就會開始不時瞄看盼望著，直到可以吃了，就在高大的樹上攀來爬去，想方設法摘採，甚至於有一次踩斷了脆枝而跌落地上，有一會兒似乎斷了氣，無法呼吸，這一類的往事。這塊地裡的這些龍眼樹，彼此相隔著一定的行距株距，枝葉茂盛，甚至有的幾乎垂至地面，一起就在我眼前，顯然沒有我記憶裡的那些老樹那樣又高又大，也顯然是不同的品系，卻因正值青壯期，全部蓊蓊蒼翠，生氣洋溢。這時它們成群在我眼前，是令人興奮的，近乎戰慄地欣喜，不由自主。某些曾經熟悉但已遺忘很久的氣味，若干消失了的形影和聲音，好像突然間就紛紛出現了，好像它們正在帶我越過時間越過人世裡的種種遭遇紛擾和恩怨，回到一個怎樣純真而快樂的童年，有些悵惘和憂傷，但也是甜蜜的。好像一切都還完好如初。無傷無痕。一切如夢。

或許吧，之所以買下這塊農地，以及之所以想遷居鄉下，也只是因為想要尋回怎麼樣的夢吧，怎麼樣的一種有關失落與懷念的鄉愁，想要回到某個地方去。

如今，地買過來之後兩年多了，龍眼也已收成過兩次，果實纍纍，而且如原地主所說，確實很大顆很甜。只是自己真正吃到的，為數極少；眼見成熟了，我都會提醒一些住在市區的朋友和農地附近的鄰居，要他們自己去摘，摘多少都隨意。兩年多來，實際上，我和這塊地的主要關係是，每隔一段時間，我必須揹著割草機為它除草，次數頻繁，尤其是從驚蟄以至秋分草木紛雜放肆生長的時節。而當勞動累了，就在龍眼樹下的陰影裡坐下來，暫時脫下身上穿戴俱全的防護衣防護帽，擦汗，喝水，感覺或徐或疾的涼風，聽鳥的叫聲，抬頭看山看雲。然後繼續上工。有些朋友取笑我，說我是在舉架，自討苦吃，自找麻煩。我難以跟他們解釋我這種鄉下生長出來的人對農作生命和土地的記憶和繫念。每隔一段時間，我仍然繼續來這裡割草，不覺得是負擔。

然而最近約有近半年了吧，我不曾來過，包括中元前後龍眼的盛產期。這時從路上看過去，只見長草遍野，甚至龍眼樹下也是。我穿著長筒膠鞋涉入那些亂草中。但走沒幾步，就被三隻環頸雉嚇一大跳。牠們兩公一母，幾乎同時分從不同的位置嘎嘎嘎連聲驚叫著急竄而出，慌忙振翅，低飛一小段距離之後，躲入另一塊也是長了雜草的廢耕地裡。我回到路邊站了一會兒，決定立即回家拿割草機，下午就開始工作。但由於長期未使用，試機時，引擎無法發動。農機行的老闆看到我拿著機器進門，顯得有些驚訝。「怎麼現在就要做工了啊？」他說。隔壁的一位老先生知道我出現，匆匆過來，熱切地跟我說了許多話，先是一些安慰與稱讚，接著憤憤批評斥責了一些事，最後是一連串的勸勉，大意是選舉昨天才結束，不管輸贏，應該要好好休息一陣子的啊，然後應趁早籌謀，態度則須更為積極而明確，確定下一步的政治路要怎麼走，不能氣餒，等等。到後來，變得好像是我在安撫他。我將已修理好的機器放回車上準備離開時，他還在揮手說加油啊加油。

雜草總共割了兩天半。許多鳥類，也陪伴我兩天半，尤其是八哥。牠們呼朋引伴，來到我身邊，跳躍在那些割除之後散亂鋪躺著的草葉上，忙著一再啄食怎麼樣的小蟲子或種子，一邊不時晃頭張望和頻頻鳴叫，很高興的樣子。雜草盡除後，去年春天沿著東邊地界栽種的一長排香肉桂樹以及五棵種在西側水溝附近的小葉欖仁，也終於露出應有的模樣了。金露花，我記得是總計六十株，去年秋末扦插在培植盆裡，集中放置在一處龍眼樹下，但現在則只活存大約不到一半；應是我長期沒澆水的關係。各為三株的香椿苗和土肉桂苗，因淹沒在雜草中，各有一株也被我不小心一併割除了，除去的剎那，心中十分懊惱。

第三天下午，草割完了，我脫掉所有的防護裝備，坐在草地上休息。引擎聲已經停止，膠繩急速旋轉揮動切割草莖的聲音當然也停了。來自我背部和足前轉盤的這兩種聲音，在我工作的時候，混合著，一直跟隨著我移動，一直在我身邊響個不停，有如一種隔音物，讓我只是低頭專心割草，甚至於也不會去注意周遭方圓一兩公尺以外的一切事物的動靜。而這時，四周一片安靜，心，卻好像反而動了起來。微寒的小風裡有著淡淡的汗味和草腥味。溝渠裡的水聲隱約。八哥許多隻，也仍在草地上覓食跳躍和唱歌。另外還有一些的是伯勞、紅鳩、麻雀、烏頭翁……。透由那幾棵冬來之後葉子幾已落盡的小葉欖仁的空枝看過去，所有的景物，看似散漫，但又彷彿有序地逐漸分布到山邊：農路，路旁一列豔紫荊，一坵一坵色澤不一的田地，田青園，香蕉園，茄冬園，廢耕地，檳榔樹，錯落的屋舍。更遠更高的是成帶狀橫披在山腰間的白雲，然後是山頭，山頭上方是灰灰淺藍的天空。

有一陣子，一隻野鴿子在遠方反覆叫喚，咕咕—咕，有半音有長音，有輕有重有起伏。

天色逐漸轉暗。風稍微加大了。汗濕的身上也開始感覺到一些冷意。我一邊收拾衣物和機器，一邊想著，趁冬天還沒過去，或許隔幾天，最好能在過年前，真的應該要來闢出一小片地，然後種一些菜，譬如菠菜萵苣芹菜青椒蔥蒜之類較不會長蟲的。我喜歡的秋葵，則可能要等到初春天氣稍微轉暖之後了。不過，我又想，關於種菜的知識，我大致是由書上得來的，過去沒有這一方面栽培管理的經驗；涉及莊稼種作的實務細節，最好先去村中小店請問那些經常會聚在那裡玩牌的奧吉桑或奧媽桑才是。

6

我也刻意走了一趟我當年避居其中讀書卻不意突然被迫離開的那個佛寺。

將近三十年過去了，一切似乎還是舊時的模樣。四周或相連或交錯層疊著遠去的群山、那些岩壁斷崖，以及所有的樹林植被，在天光大氣裡，一樣不動聲色，依然是一個彷彿自有秩序和道理的天地，綿綿密密，極高極廣。水聲也依然不絕，遍及這整個山中世界，如永恆的旋律。我熟悉的三尊金色佛像，照舊端坐在大殿深處的高台上，照舊垂目無言，神色木然。

然而也確實有些東西改變了，永遠不會再回來。時間過去，而我也經老去了三十歲。一位頗有年紀的出家人合掌向我問訊，阿彌陀佛。我頷首合掌回禮，然後問起幾位我當年認識的師父。他說，有的已往生極樂世界，有的後來也不知道去了哪裡，有的他不認識。

或許正是如此的吧。三十年過去，或有的如何青春的夢想與信念，意志與追求，意外與宿命，到現在，有的可能已經先後死去，有的磨損暗淡了，不知藏匿到哪個轉彎處，難再追覓，甚或有的很可能就是不被認知的，好像不曾存在。而種種的遭遇與心境的起落，那些在獨一無二的若干歷史時刻裡所做出的抉擇，那些決心與遲疑、介入與迴避、驚喜與感動，或是虛榮的尊嚴、挫折與屈辱，那種種的癡心，無論為期久暫，在記憶裡，也全只是瞬間而已。而且，都已經過去了。無論美好或醜惡，世間裡的一切，都終將過去。時間繼續，並且一直保持著它那疏冷虛空的面容。

一隻白鶺鴒出現在佛寺前的小廣場上，然後時快時慢地走上十幾級的台階，最後則走進一座右手指天左手指地的佛陀誕生石雕像旁邊的一叢木槿花後面去了。

對岸陡坡上的樹林間，偶爾有一些葉子緩緩飄落。

我走過吊橋，沿著陡壁上的那條曾經熟悉的小徑去鐘樓。一群猴子六七隻，來到附近的密林中，後來又離去了。空氣清澈寒冷。雲在天上，無聲地幻化和移動。

當晚，我住在佛寺裡。很寧靜的一晚。風聲水聲，環繞在我四周。

隔天一大早，當早課的鐘聲還一波接著一波迴盪在山谷裡，我就下山了。走到谷口時，天正轉亮。遠方的海上，浮雲滿天。

INK PUBLISHING 陳列作品集 4
躊躇之歌

作　　者　陳　列
總 編 輯　初安民
責任編輯　陳健瑜
美術編輯　黃昶憲
校　　對　吳美滿　陳健瑜　陳　列

發 行 人　張書銘
出　　版　INK 印刻文學生活雜誌出版有限公司
新北市中和區建一路 249 號 8 樓
電話：02-22281626
傳眞：02-22281598
e-mail : ink.book@msa.hinet.net
網　　址　舒讀網 http : //www.sudu.cc

法律顧問　巨鼎博達法律事務所
施竣中律師
總 代 理　成陽出版股份有限公司
電話：03-3589000（代表號）
傳眞：03-3556521
郵政劃撥　19000691　成陽出版股份有限公司
印　　刷　海王印刷事業股份有限公司

港澳總經銷　泛華發行代理有限公司
地　　址　香港新界將軍澳工業邨駿昌街 7 號 2 樓
電　　話　852-27982220
傳　　眞　852-27965471
網　　址　www.gccd.com.hk

出版日期　2013年 8 月　初版
2016年 4 月 10 日　初版四刷
ISBN　978-986-5823-19-1

定　　價　300元

本書獲財團法人國家文化藝術基金會創作補助

國家圖書館出版品預行編目資料

躊躇之歌／陳列 著；
－－初版，－－新北市中和區：INK印刻文學，
2013.8　面；公分（陳列作品集；4）
ISBN 978-986-5823-19-1　（精裝）
855　102010643